잘못 찾아온 손님

문후작가회詞華集 · 13

익숙한 하루가 먼 길을 돌아
당연한 발걸음으로 찾아온다.
우물쭈물 낯선 행동 몇 번 끝에
꼬리도 보이지 않게 사라졌다.
붙잡을 것은 놓쳐버리고
놓아야 할 것은 어느새 꼭 붙잡고 있다.
누구인가, 다 떠난 자리에 누가 남아 있는가.
찾아올 희망은 빛바랜 채 서성이고
떠나갈 절망은 깊이 뿌리내리고 있다.
어디까지 마중 나가야 하는가.
기다릴 이유는 있는 것인가.
잘못 찾아온 손님처럼
가을도 금방 등 보이며 돌아섰다.

차 례 CONTENTS

특집 주영애

隨筆

아픔의 이름으로 생각의 공덕을 쌓고

간혹 떠오르는 희열에 온몸 떨어가며

쓰고 또 쓸 수밖에 없던 날들이 쌓였다.

그래도, 라는 섬이 있다고 쓴 시인이 있었던가.

또 다시, 만나달라고 노래한 가수가 있었던가.

그래서, 다시, 우리도

사화집 앞에 빛나는 정신을 모아 놓았다.

배 준 석 시인 · 문학이후 주간

초대시 | 배준석

인생은 미완성 외 3편

삶은 사람을 줄여 나온 말이다
바빠서 줄어든 이 말을 늘리고 늘리면
살아가는 이야기가 된다

단순하게는 삶이라고 얼른 넘어가고
생각할 때는 사람부터 떠올리게 되고
다시 보면 살아가는 이야기로 늘어난다

앞뒤 돌아볼 새 없이 살던 삶이
사람으로 만나 서로 정 붙이다 보면
살아가는 이야기로 자라게 된다

반대로
살아가는 일은 사람으로 삶으로
줄어들다가 끝내 미완성으로 남는다

섬은

뜻있는 글자도 아닌
마침표인지 쉼표인지
멈출 수 없는

끝끝내
느낌표인지 물음표인지
물어볼 수 없는

너나 나나
잠시 서서
돌아 섬은

까마귀 날다

고흐 그림 속에 갇힌 까마귀가
노란 하늘을 날다 멈춰 있어요
깃드는 곳을 던져버렸나 봐요
좋은 일도 계속 떠들면 피곤이 날아다녀요
고흐 그림도 자꾸 부르다 보면
노란 구름이 회오리바람으로 춤추고
까마귀도 노랗게 탈색되어 가고
화폭은 불길에 훨훨 타들어 가지요
그림 속에서도 고흐는 답답했지요
화폭 찢고 날아오르는 까마귀 떼를
기다리고 있었나 봐요
그림들이 제멋대로 발버둥 치며 사는
동네에 아직도 고흐가 살고 있어요
밀 냄새 구수하게 그려 놓고
까마귀 소리도 몇 개 쿡쿡 박아 놓았어요
노란 빈혈들이 화폭에 흘러넘치고
하얀 구름 허무하게 흘러갈까 두려워
고흐는 또 노란 화약 냄새를 마구 퍼트려요

긴가민가, 별일도 크다

성질 급한 놈이 이판사판 우물 판다고 했나
목마른 놈이 우물에서 숭늉 찾는다 했나
나는 놈 위에 날벼락 떨어진다고 했나
떨어지는 놈은 주식도 날개가 부러진다 했나
사람 위에 버젓이 큰 놈이 누르고 있다고 했나
사람 밑에 돈방석이 스리슬쩍 굴러다닌다 했나
친구랑 길 떠나면 이권이 앞선다고 했나
긴가민가 따져봐야 본전만 생각난다 했나
쓰고 또 쓰면 손해 보는 놈이 아름답다 했나
그런 놈이 왕이라고 사탕 발라 놓았다 했나
소비가 미끌 미꾸라지로 빠져나가야 한다 했나
미꾸라지 한 마리가 백화점에 흙탕물 튀긴다 했나
진짜 그런가, 맞는 말이 천 리 가다 발병 난다 했나.
먹고 사는 일이 교통사고 앞에 무릎꿇는다 했나
쯧쯧쯧,

배준석 | 1993년『시와시학』등단. 시집『접신』등.
수필집『구름을 두드리다』등. beajsuk@daum.net

시

고정숙 김정애 김태경 김호일

박명화 박수여 박점득 송천일

옥귀녀 이근숙 이지율 이혜란

조순옥 허말임 홍현은

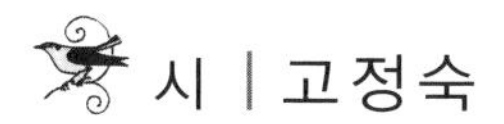

시 | 고정숙

모란의 외출 외 3편

모란시장 오일장
엄마 장에 가신다
취한 듯 말라있던 취나물
다래다래 묶여있던 다래순
곤드레, 시래기 묵나물
군내 나는 김장김치에서 손 씻고
연한 새순 봄을 사러

작년 봄에 한 번 입고 걸어둔
자줏빛 원피스
겨울 같은 장롱에 넣어두었던
꽃술처럼 노란 가방을 꺼냈다
엄마도 그렇게
빼입고 나서고 싶은 봄나들이

바구니며 봉지마다
갖가지 햇나물들이
언 땅에서 벗어난
엄마의 나들이처럼

파릇파릇, 제 향기를 널고
오일장 같이
벙긋벙긋 피었다 거두는
엄마의 짧은 나들이

둥근 꽃바람이
봉글봉글 자주색깔을 입히는
내년 봄날에
다시,
엄마의 환한 나들이가 될
자줏빛 원피스는
장롱 깊숙이 곱게 숨겨졌다

소리의 부피

–다르르르륵 다르르르륵,
고층아파트에서
여름휴가에 리모델링한다는
이웃집 드릴 소리
더위를 파내는지
귀가 먹먹하도록
말매미 드릴 뚫는 소리

복더위 압박은
소리를 더 부풀리고
소나기 그친 뒤
멈추었던 울음은
더 처절한 부피가 된다
밤에도 멈추지 않는
조급한 매미 부르짖음에
밤의 부피만 늘어난다

나이가 들수록
굵어지는 목소리 부피

점점 줄어드는 잠의 부피
이럴 바엔
벌막공원 정자에
합창단 모집광고 걸어
높낮이 소리를 맞추어 볼까

매미의 짧은 목청 길이도
서럽지 않은 부피가 되도록

옥수수 수염차

고랑 같은
아파트와 아파트 사이에
화물차 한 대가 서있다
그 앞에 가림막 포장하나 받치고
앉아있는 남자
'강원도 찰옥수수'

–칙칙칙칙
압력밥솥 증기가
강원도 밭뙈기 한 쪽 떼어온 듯
먹어본 사람만 아는
풋풋, 구수한
탑탑, 달콤한
냄새가 소리를 잡고 이끈다

뽀얀 옥수수가
'네 자루에 오천 원'
비가 억수로 오던 날도
옥수수 밭고랑 쓸릴까 봐

햇빛 좋은 날도
서리꾼 들까 봐
원두막 지키듯 꿈쩍 않고

옥수수 한 자루 뜯으며
진한 갈색 옥수수수염
한 움큼 덤으로 얻어 차를 끓인다
그 남자의 단단한 알갱이만큼
끓일수록 노랗게 우러나
수더분한 사투리로 마시는
찰진 해갈이다

한로 나이 즈음에

이슬이 아랫목을 찾는다

이른 아침
따가운 빛 피해
초롱초롱, 그늘 찾더니
더운 빛에
구름 꼬리 잡고 자리 털더니

햇빛 앉았던 자리도
서늘한지
아래로 아래로
뭉그적뭉그적
놓친 여름 발자욱이라도
더듬어본다

으슬으슬, 그 나이 즈음엔
발이라도 넣고 데울
담요 한 장
줄어드는 목 둘러줄

목도리 하나
이슬도 햇빛 구들장에 데워지는
아랫목을 더듬어 앉는다

고정숙 | 2010년 『문학산책』 등단. 시집 『궁금할 시간이다』 『티끌 한 걸음』 kojs3615@daum.net

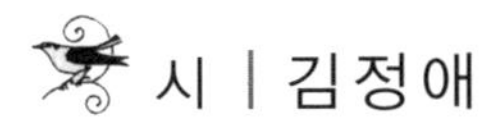
시 | 김정애

신록의 옹알이 외 3편

이파리가 허공을 깨물었다
붙잡을 수 있는 건 오로지 의지뿐
마주보는 사이에 빛이 안정적으로 내려와
하루를 분주하게 만든다

창밖 수많은 결구와 한통속이 되면서부터
별과 달이 오가고 새와 나비가
다녀간 일상은 신록에서 더 친밀하다
130억년 태초의 빛은 빅뱅으로부터 시작되고
태초의 잎은 어디에 있나
뒤척이며 바람 일 때면 배를
끌어당기며 오른다
순수를 이루는 탯줄에 처음 줄을 단,
선대의 DNA가 일렁인다
우주에 자리 잡은 배꼽 주변으로
옹알거리는 이파리들
숱한 오름에 전체를 아우르며 걸어가는 중이다

변화엔 무언의 세계가 무르익고

발끝부터 침샘 자극하는 이파리
하루 종일 눈으로 클릭한다

종을 잊은 살구나무

버림받은 몸으로 다산을 했다
하지 지나 그녀 뙤약볕에 뭉개져 있다
신음 소리에 굴러 나온 달콤함
문명이 쏟아내는 유월의 아픔이다
홍건한 단물이 쓰레받기에 넘쳐난다

지층의 평안 속에 방류되는 질량들
떨어지는 중력 앞에 닫힐 줄 몰라
꽃피고 난 뒤 낙과는 종을 잃은 반역자
살구나무에는 살구가 없고 여름도 없다

말라버린 추억은 보도 위에서
묘비명도 될 수 없는 얼룩이 무덤이 되고
뜨거움에 데일 뻔했던 과즙은
단절된 시간의 페이지들
생의 빛을 잃고
계절의 반을 나눈 기억은 없다

다산을 하고도 대접 받지 못해

살아 있음에 꽃은 피워

땅은 모든 것을 받아주는 빈 그릇

제 몫을 키워내는 나로 살고 있는지

둥글고 노란 열매는

여름 한낮 생을 던져 놓는다

흐름

누워서 자라는 나무란다
설악산 대청봉에서 자생하는
눈 잣나무의 유일한 친구는 잣까마귀다

비자림에서 볼 수 있는 숨골
물이 귀한 제주에서
빗물이 지하로 흘러들어가는 구멍이다

가장 오래 사는 그린란드 상어는
죽을 때까지 눈에 기생하며 사는
기생충 때문에 시력을 잃는다

먼지와 가스로 막혔던 아기별들
별들의 요람이라는 용골자리 성운을
초대형 우주 망원경 제임스 웹으로 본다

평소보다 가장 가까운 달
크게 보인 착시 현상
36만 3300km 떨어져 있는

철갑상어 달을 본다

소중한 것들은 흐름을 따른다
지구 안과 밖 중심으로 축은 침잠한다

오월 기흉

오월을 온전히 담지 못했던 그 해
어둠이 병실 문 서성거리고
소녀 가슴엔 나뭇잎 하나 흔들리지 않았다
꽃망울도 작아 허우적거렸던
의심 많은 흉기들은 입을 닫고
낮게 드리운 그늘마저
창틀에 앉아 숨죽이고 있다

살기 위해 흘린 눈물만큼
전광판 이름 배 위에 움켜쥐었다
꺼져버린 정갈한 꿈 잎새 내민
장막 깨운 늦은 오후
떨리는 가슴 다시 피어올린 공기주머니
아픔을 견딜 수 있을 때 다시 태어났다

몇 개월 잡아먹은 계절이 지나고
향기로 넘실대는 푸름이
소녀의 가는 목선 따라 잰걸음으로
오월이 찾아왔다

기억은 침묵보다 강해

자꾸 삐져나오는 가지 끝에 매달려

떨어진 오월을 들어 올린 날

가슴 한 편 실밥보다 진한

봉긋 솟은 아까시꽃 보며

젖가슴 열어 놓는다

김정애 | 2006년『문학산책』등단. 시집『자연해례본』
jungae3911@daum.net

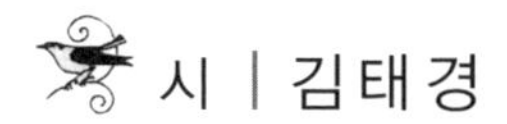

시 | 김태경

해감하다 외 3편

크고 작은 조개들 우묵한
양은그릇에 들어앉아 해감하고 있다

그동안
먹지 말아야 할 것 먹은 거
드나들지 말아야 할 곳 드나든 거
슬쩍슬쩍 하지 말아야 할 것 해온 거
눈물 콧물 흘리며
부글부글 해감하고 있다

원수를 사랑하지 못했노라고
오른뺨을 때리는 이에게
왼뺨 대신
이를 이로 갚으며 살아왔노라고
거리를 뒤덮는 수많은 외설 속에
마음으론 간음했노라고

작은 양은그릇에 들어앉은
비단조개 모시조개 동죽조개
긴 혀 빼물고 이틀째 해감하고 있다

개중에는
자신은 잘못 없노라고
입 꾹 다문
죽은 조개도 있었다

백령도 가는 길

설렘을 타고 백령도 가는 길
파도가 높아 뜨느니 마느니 하다
역시 돈 때문에 배는 떴다

용왕처럼 앞쪽에 떡하니 자리 잡고
키미테 붙이고 멀미약 마시고
약 기운에 슬며시 파고든 잠
대포알 터지는 소리에 소스라쳐 깼다

배는 하늘로 솟구쳤다가
인당수 저 밑바닥까지 내려 꽂힌다
두문진처럼 높이 솟구친 파도는
당장이라도 덮쳐 올 것 같다
선원도 승객도
까만 비닐에 하얀 얼굴 묻고 걱걱거린다

심청이처럼 용왕 만나는가 싶을 즈음
난파선이 되어서야 부두에 닿았다

인당수 품고
백령도처럼 떠난 사람
더듬어 가는 길은 더 아득할 것이다

석수동 마애종 울다

암벽에 새겨진 종 하나
날아 오를듯한 용뉴와 음통
어깨 부분 유곽 배 부분 연꽃무늬 당좌
섬세하다

당목 잡고 종을 치고 있는
허름한 가사 걸친 선사는
정중앙의 당좌가 아닌
엉뚱한 곳 두드리고 있다
허술하다

종 어디를 쳐야 하는지도
모르는 사람이 나중에 새겼구나
쯔쯔 혀를 차며 돌아서다가

너도 당좌를 빗겨 엉뚱한 곳
두들기고 있지는 않은지
깨진 종소리로 세상만
시끄럽게 하고 있는 것은 아닌지

돌아보라 저 선사
말하고 싶은 것이라면

뎅~뎅~
머릿속 한가운데를 마애종 때린다

풍선을 분다는 것

꿈꾸던 진급도 물건너 가고
시계추처럼 반복되는 업무에
바람 빠진 풍선이 된 친구

야금야금 주식 손대더니
어느새 헛바람만 빵빵해져
공무원도 철밥통도 차버리고
주식시장으로 붕붕 날았다.

된다 싶었는지
자기 돈 형제 돈 있는 돈 없는 돈 끌어당기고
마지막엔 미수까지 한껏 불어대다
결국 부풀대로 부푼 풍선
한방에 터져버렸다
자신도 가족도 처가도 공중분해다

오갈 데 없던 그가 이번엔
다단계 풍선을 불기 시작했다

얼마 팔면 얼마를 벌고
단계 단계 오르다보면
비까번쩍 외제차에 해외여행 다니고
평생 돈 걱정 없이 산다고
후배 선배 찾아다니며
곧 터질 듯 위험위험한 풍선 거침없이 불어댔다

그 풍선 불어대는 소리
째깍째깍 시한폭탄 돌아가는 소리 같았다

김태경 | 2021년 『문학이후』 등단. xorhd03@naver.com

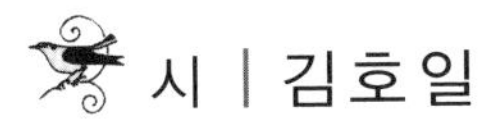

시 | 김호일

연리목* 외 3편

땅속에서 무슨 생각했을까
땅 위에서 혼자 외로움 알았을까
수십 년 곱씹어 한 몸 된 연리목
바람한테 배워 깨달음 얻었다

피를 나눈 형제들 발이 있고
생각 달라 뿔뿔이 흩어져
구름에 흘러가도 알 길 없는데

뿌리가 우연히 만난 연리근
가지가 피할 수 없어 연리지
몸통은 깨달아 합해진 연리목

부딪치고 닮아서 몸이 아파도
바람이 가르쳐 준 대로 받쳐주고
새들의 보금자리 마련해주는
온몸으로 사랑을 가르치고 있다

* 군포 초막골 생태공원

산야초

자리를 탓하지 않는다
멈춘 자리가 내 자리다
그러면서 잡초 신세를 면치 못한다
살펴보니 제법 아름다운 이름
아기똥풀, 꽃양귀비, 민들레, 망초, 쇠뜨기
의젓한 이름이지만 산야초에 묶인다
없는 듯 적응하며 군락을 이루고
어느 틈에 사라진 산야초는
다른 종種이 들어와 세를 늘려
자연에 묻혀 순리를 따른다

타지에서 남편 종교 따라 흘러온 금강댁
새로운 터에 들어와 다복한 가정 이루고
넓은 마음 넉넉한 말솜씨는
마을에서 모두를 아우르며
화합의 상징이자 몸으로 뛰는 마당발
언제 떠났는지 그립기만 하다

언제 어디서나 제 자리인 듯 살다가

갈 때가 되거나 설 자리 아니면

스스로 떠나는 산야초

5월에 오는 눈

질긴 게 인연이라 했던가
허망한 인연도 있네 그려
병석에 누운 내 님 보살피려
희망을 안고 애써 찾아다닌
구원의 손길 닿지 않아
넋 잃고 바라만 보고 있다

가누지 못하는 가냘픈 몸
단잠에 잠겨서도 환한 꿈
가슴에 닿았던지 눈을 뜨고
바라본 창밖, 5월 하순
"눈이 많이 왔네요"

하얀 아카시아꽃이
포근하게 감싸주는
눈송이로 보였던 내 님
아카시아 흐드러지게 핀
5월이면 떠오르게 하는
허망한 내 님이여

연꽃이 바라는 세상

시흥 관곡지 연꽃테마파크
넓고 큰 연잎이 무성한 공원에는
줄이어 터지는 연꽃 웃음소리에
찾는 사람들 얼굴도 환하다

비좁은 진흙탕에 뿌리내리고
속내 감춘 채 다양한 몸을 일으켜
미소로 반기는 순결한 표정은
어두운 세상 밝게 빛내려는 뜻이다

KBS1 '동행'에 출연하는 어린이들은
결손가정 어둡고 불운한 환경에서도
할머니 사랑을 흠뻑 먹어선지
어른처럼 성실하고 알찬 마음씨
참사람임을 보여주는 내일의 주인공이다

은둔해 있으면서도 포기하지 않고
세상을 밝히려는 부처님 뜻 받들어
진흙탕에서도 미소 잃지 않으며

어려움 참아가며 이루고자 하는

연꽃 세상은 인간이 가야 할 낙원이다

김호일 | 2000년 『동방문학』 등단. 시집 『목화생각』
hoil-k@daum.net

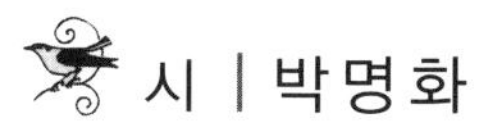

시 | 박명화

수리산 성지 외 2편

푸른 잎새처럼
상큼하고 쾌청한

병목 안 수리산 성지

녹음의 소리
독수리 날갯짓 소리

어우러진 합창이
개나리꽃 노란마음 같은

은행나무열매
빵긋 마중하는

너도 나도
선한 마음

늘 고운 마음으로 사랑합니다
우리 모두를

망해암

맑고 푸른
남청빛 하늘 아래

벼슬 같은
삼성산 감투바위
마님 같은
관악산 족두리바위 거느리고

원효대사도 감탄한
바다의 일출 일몰

고즈넉한
망해암은 행복만 하여라

예술공원

퍼드득
산새들새 나는

서걱서걱
숨길 수 없는

사랑의 소리 같은
갈대의 속삭임

졸졸졸
만안교 아래
비단잉어 꿈꾸는
효행 오색주단 깔린
안양천 따라

일상에 지친
고단한 사람들

이곳에서는

하나 같이 작품 되어
고운 꿈들 꾸고 있네

인생이 이렇게
아름다운 예술일 줄이야

박명화 | 2006년 『문학산책』 등단. 시집 『텃새』
pmyungh86@daum.net

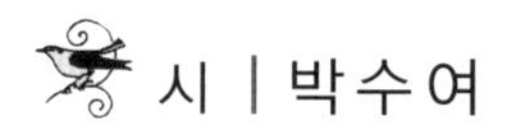

빗소리 외 3편

하루를 적시는 빗소리
나팔꽃 줄기 타고 오르려다
창틀 사이 거미줄에 그리움 걸린다
유리창 너머 어린이집
아이들 웃음소리
빗소리 장단 맞추어
색색의 고무줄 놀이한다
작은 발들이 술술 감기고 술술 풀린다
웃음꽃 만발한다
햇살 같은 아이들 웃음소리
빗소리로 눅눅해진 하루를 말린다

연기

무슨 인연인지
지역난방 열병합발전소가 눈에 보인다
커다랗고 높은 굴뚝 하얗다
푸른 하늘과 맞닿아
하얀 연기 뭉게뭉게 피어오른다
푸른 하늘 하얀 연기 재빠르게 빨아올린다
밋밋했던 하늘
흰 구름 두둥실 떠오른다
구름인가, 연기인가?
하늘 자리 연연하지 않고
생겨났다 없어지는 변화무쌍한 연기
불교에서 말하는 연기緣起*가 떠오른다
굴뚝이 있으므로 연기가 있고
연기가 생기므로 구름이 생긴다
굴뚝이 없으면 연기도 없고
연기가 사라지면 구름도 사라진다
굴뚝에서 나오는 연기
여러 가지 인연因緣에 의해
생겨나고 없어지는 생멸生滅의 연기緣起인가

此有故彼有(차유고피유)

此生故彼生(차생고피생)

此無故彼無(차무고피무)

此滅故彼滅(차멸고피멸)*

* 「잡아함경」 중에서

퉁퉁함에 대하여

노란색 입은 조그마한 마을버스
퉁퉁한 몸매의 여인 앞에 멈춘다
작은 문 안으로
아침 햇살과 함께 밀어 넣는다
통과 순간 아픔에 자지러진다
어찌 할꼬?
몸은 다 들어가지도 못했는데
버스는 출발한다
깜짝 놀란 승객들 같이 소리 지른다
엉겁결에 버스 세운 기사 아저씨
성난 황소 목소리로 말한다
“살 좀 빼세요”
무안당한 허리통 굵은 아줌마
이스트 넣어 부풀린 배
힘껏 배꼽노리 안으로 집어넣는다
입안에 바람 가득하다
잘록해진 몸매 안고 버스는 달린다
차창 밖
사월의 들풀들 푸르게 응원하고

졸음

밤새 무얼 했는지
아침부터 버스 안에서 졸고 있다
정거장 지나칠까 봐
실눈을 떴다 감았다
눈조리개 너머로 푸른 초목들 인사한다
푸른 초목들 위로 푸석한 눈꺼풀 내려앉는다
푸른 졸음 속에서 손짓하는 사람 있다
정거장 지나칠까 봐
정신 차리라고 알려 주려는 듯
혹시, 저세상 간 남편이 아닐까?
행여 한 번이라도 더 보려고 온 건지
한 번 더 보려고 졸고 있는 것은 아닌지

박수여 | 2017년『문학미디어』등단. 시집『반쪽 눈으로 보는 세상』
psy9230@daum.net

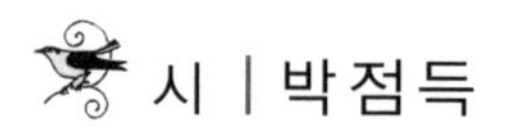

시 | 박점득

조기교육 외 3편

인생 팔십을 조기에 길들이겠다고
한여름 땡볕도 지친 날

새순 같은 아이가 무슨 분재盆栽인가?
철사로 꽁꽁 틀에 가둔다

5교시 학교수업 다음
방과 후 수업
피아노 학원에 쫓긴다
불야불야 헉헉

2층 피아노학원 층층계에 발 한 점 찍으며
할머니! 내 인생이 공부야

아가야, 이제 시작이란다 차마
이렇게는 말 못하고

피아노 끝나면 바로 옆 건물 3층
영어학원 알지!
잘하고 와

어른이 처음이라서

갓 입학한 아이가
그림책을 보다 말고

엄마!
나, 어른 되면 여행 갈 거야
그런데
어른이 처음이라서
어떻게 가는지 몰라
엄마가 가르쳐줘

해설피
한참
뒤

엄마!
뭐해, 공부는 언제 할 거야?

찌르레기

찌르. 찌르 찌르릿
여린 외손녀와 가로수 길을 걷다

깜짝 만난 반가운 지인
지나친 길을 되짚어와 뒤적뒤적
지갑을 연다

아무리 말려도
언제라고 이랬냐며 한사코
외손녀 손에 돈을 쥐어주고 간다

참나, 긁적긁적 멋쩍어 할 때에

할머니!
할머니도 돈 좋아하면서
왜 그래?

찌르, 찌르 찌르릿
휘휙 나는 저 찌르레기 한 마리
꽤나 시끄럽다

월요병

치타 뒤에는 항상
나무늘보가 뒤따른다

토일 월 화 수 목 금

축지법으로 뛰는 치타
애벌레처럼 기는 나무늘보

우우워워ㄹㄹㄹ 월
오오오오ㅛㅛㅛ 요
이이이이ㄹㄹㄹ 일

아직도 바닥을 기어가고 있는 나무늘보

뛰나 기나 도착시간은 똑같다
하루 24시간

박점득 | 2006년 『문학산책』 시, 2007년 『에세이문예』 수필 등단.
2013년 국민일보 신춘문예 신앙시 수상. 시집 『쉿!』 『맏이』
『하와』. 전자시집 『하와』. happy2197@daum.net

시 | 송천일

살과의 전쟁 외 3편

하늘
높은 줄 모르고 치솟는
아파트 평수는 넓히지 못하고
몸뚱이 평수만 늘리고 있다

먹고 죽은 자
때깔도 좋다고
허구한 날 먹는 낙으로 살다보니
살들은 수고도 없이
평수 넓히며 즐긴다

코로나로
가까이하던 운동도 멀리하고
이 핑계 저 핑계로 만든 음식들

남기면 안 된다
버리면 아깝다
음식물 처리기처럼 꾸역꾸역
입속은 갈아 넘기느라 분주하다

식욕억제 고통
참아내지 못하고
오늘만 먹고 내일부터다

체중계 매서운 눈 두려워
발로 살며시 밀어낸다

말로만 외치고
행동은 따르지 못하는
살과의 전쟁 중이다

노후를 읽다

이글이글
타오르는 한여름 한낮

아파트 단지 산책길
시원히 쏟아지는 폭포 아래

어르신들 모여
두런두런 살아온 지난날
고운 미소로 담소 나누니
신선이 따로 없다

열심히 준비한 노년
저렇듯 인생의 황금기
시간의 여유로 여름에 황혼
즐기며 주변 부러움 준다

노년을 즐기려면
일찍부터 생활의 기술을
익히며 채비해야 한다고

세상 즐거움 모르고
사는 듯 살아보지도 못했는데

세월이란 놈이
자꾸 밀어대는 바람에
헐떡헐떡 노후를 맞이하건만
아직도 대책 없는 길만 보여
막막한 노후를 읽고 있다

장맛비

통장님
숨넘어가듯 빨리빨리
집 밖으로 나오시라

하늘 뚫린 듯
퍼붓는 장맛비 사이로
마이크 터지듯 소리친다

욕심껏 장만한 신혼살림
장롱 속 이부자리들
침수로 점점 잠겨가니
신혼의 달콤함도
물속에 잠기는 듯하다

장맛비에
흠씬 두들겨 맞고
물난리에 장애 입어
절룩거리는 살림살이들
주섬주섬 끌어안고

앞이 보이지 않는
터널 속 빠져나가느라
많이도 헉헉대며 아파했다

지금도 장맛비 하면
통장님 마이크 소리
이명 되어 들리는 듯하다

참새방앗간

아들 따라 이사했다
이제 편히 살 나이에
왜 고생길이냐고 다들 말렸다

고민과 고민 더한 끝에
보란 듯 내세울 재산도 없는데
아들 며느리 직장 생활이라도
편히 하라고 함께 자리 잡았다

장만한 집이
다행히 손녀들 학교 옆이다
참새가 방앗간 들리듯
학교 가는 길에 찾아와
재잘재잘 조잘조잘
알곡 까먹는 참새처럼
아침밥 먹고 학교로 간다

하교 후 돌아가는 길
문 들락거리며 간식 콕콕 쪼아 먹고

껍질만 오소소 남겨놓고 학원으로 간다

하루에 지쳐 무거운 퇴근
여기저기 어질러진 집안 풍경 뒤로 하고
손녀들 재잘재잘 해맑은 웃음
하하 호호 주름살 활짝 펴진다

참새방앗간 신바람 나게 돌아간다

송천일 | 2013년『문학이후』등단. sci-1001@daum.net

시 | 옥귀녀

맨살에 찾아온 기별 외 3편

다툴 일 하나 없는 은둔이 맨몸으로 받은 낭보에
새로 산 노란셔츠를 입고 융단 같은
꽃잎 밟는다

꽃에도 배꼽이 자라는지 볼록해진 배꼴로
지붕에도 술잔에도 꽃무리가 흐드러지더니
흔적도 없이
방금 떨어진 제 배꼽이 전생이었다고
열매꼭지에 우뚝하니 올라앉아
덜 영근 살 냄새를 내어준다

내겐 아직
허기진 빚이 질펀한데
마음을 구겨 넣은 보푸라기에
허물 벗은 뱀처럼 경솔히도 나는
조금은 달아오른 나를 이고
나를 죽인 벼락을 만나러
펌프가 있는 마을로 향한다

산다화에 꿀을 빠는 황금빛 동박새가 길을 연

그 곳으로

아 배으고싶다

열 살 찔레의 꿈,
황토 담벼락에 연필깍지로 후벼
숯 칠을 한 엉터리 맞춤법
아무도 관심이 없다

반은 교실에 있고
반은 부지깽이로 땅을 물어뜯고
눈치가 빤한
반근 반 근,
반쪽짜리 포커스

하필이면 처마 밑에 박힌 모난 조약돌
숙이,
반만 띠인 하루 빠꿈이는
여섯 분의 담임이 붙여준 별명이다

방바닥이 쩔쩔 끓어
무릎이 반절이나 익은 아이는 그러고도
가새당꽃 같은

시객이 되었단다

아무래도 저기 박힌 여섯 자가
큰일을 낸 모양이다

당기와 일탈

허름한 지붕 아래 노을이 만삭이다

바람잡이 풍로와 맷돌이 손뼉 치는 장단 구에
박살난 메밀 냄새가 담벼락을 타
뽑혀진 국시 두 그릇과 짠지
양철 상다리에 마주 앉은 헌 신랑과 헌 신부의 헐렁한 만찬
주례는 터줏대감 황소가 맡고
노래는 마당 씹살이가 맡아 백 년이 거듭난다

꽃구름 힐멈은 고향 집 징독대 옆 나팔수선화 궤도의 끝물

한낮 땡볕이 그림자를 깔고 앉은 시간
원점과 빙점 사이가 굴절된 인저리타임
골방 구석 빨간 색연필은 맞불 전령사에 줄을 섰다
앉은키보다 크게 자란 콩대 밭고랑 사이로
으흠, 산수연을 넘긴 잰절이 할배 어설픈 낮 거래
'오래 사러'삐뚤삐뚤 야문 막대에 붙은 한글이
꽃대궁 할매 품을 파고든다

벌건 대낮에
수십 년 눈꽃을 피운 나목 한 쌍이
소탄에 찌든 남은 껍질을 마저 벗기고
금잔옥대를 발화시키고 있다

심도

흐리고 개이고 하루에도 몇 백번 수술에 이골이 난
저도 낮달 나도 낮달
치수가 다른 그리움 하나가 멀뚱히 떠 있다
돛 달린 시간에
낮달이 된 내 삶을 실어 그리움에게 나를 띄운다

청색 달빛에 밑창 터진 고래 등이 반짝여요
낮에 놀던 낮달이
저와 똑 닮은 그리움 골고루 섞어
봉인을 풀고 굴리 꺼꾸리지다가
저보다 더 훤한 바다 창흑빛에 흔들리는 밤 달에게 물어본다
그리움은 어디에 있는지

분명한 건 나도 낮달인데 따라 앉지 못했다

찢긴 틈 사이에도 깊숙이 박히는 게 숙명인양 나를 끌고
늘었다가 줄었다가 그렇게
두 얼굴의 부메랑
젖은 건지 익은 건지

조막만한 간덩이 부풀려 뒤척이는 바퀴
칭얼칭얼 동그란 그리움 하나가
날마다 하얀 하늘을 걷어내고 있다
꽉 물고 있는 수술 자국
쓱쓱 지우듯이

옥귀녀 | 2022년 『문학이후』 등단. oky5170@naver.com

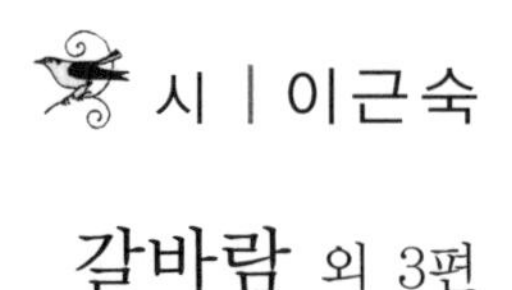

시 | 이근숙

갈바람 외 3편

들깨를 툭툭 털어서 검불을 걷어내려
가을볕에 넌다
망사처럼 날근해진 햇살에
뿔 난 벌레들과 팥알만 한 달팽이
다리 야윈 찌르레기 꼬물꼬물
한 풀 성질 꺾인 풀섶으로 헐레벌떡 도망질

훌훌 깃털 같은 가벼운 들깨알갱이들
그러모아 쭉정이 날리고 알곡만 남기려니
개구쟁이처럼 재미 들려 헤헤거리며 분탕질
요리조리 장난질 흩트리기 재미났다

이쪽에서 저쪽으로 사방팔방 제맘대로
기다려도 소용없어 푹 퍼질러 앉아 쳐다보니
이번에는 눈웃음치며 다가와 목덜미를 간질다가
내 코 푸는 모습 재미 들려 헤실헤실 까분다
골짜기 밭이랑에 심심해서 놀러 온 갈바람 해찰에
눈 흘기다 그만 두 손 놓고 피식 따라 웃는다

오미크론

앰블런스 누가 타노, 하시더니
그것 한번 시승해보려 응급실로 직행했나요
엎어졌으니 쉬어가자고 사흘간 유숙 후
다시 중환자실 석 달이라고요
뭐 그리 작품구상 오래도 하십니까, ㅈ여사님
'나 저승 갔다온 글 한 편 써 볼끼다'
그러려고 일부러 산소호흡기 한 번 체험해 본거죠
체험도 길면 바라보는 사람 애타는 것 잘 아시면서요
전화선 너머로 "ㅇ여사 지금 뭐 하노"
그 말씀 귀에 쟁쟁한데 이제 궁금치도 않으세요?
어지간히 둘러보셨으면 그만 벌떡 일어나
어떤 곳인지 수필 몇 편 서둘러야지요
돌아본 기억 뒤죽박죽 엉클어지기 전
'거기 가 보니까'로 서두 잡으시면 돼요
참말로 뭐 볼 것 더 남았는지 모르지만
어지간하면 이제 일어나세요, ㅈ여사님
'오미크론 그까짓 것' 하시면서요

봉선화

어른 가운뎃손가락보다 굵게 자란 봉선화
나른한 봄날 재래시장 골목길
쓰레기더미에 저들끼리 오종종 싹 틔운 것
강보 같은 비닐봉지에 싸와서 빈 화분에 앉혔다

애지중지 쓰다듬은 적 없이 천둥벌거숭이로
투정 한 번 없이 땀방울 맺히는 초여름날
손톱마다 꽃물 들일 연분홍 소식 귀엣말
고향집 울 밑에 옛 생각 꽃 편지다

한 줄 두 줄 읽어가니 눈웃음 예쁜 짓
볼볼 배밀이하던 첫돌 지난 아기처럼
통탕 통탕 온종일 저지레하는 친손자처럼
방긋 생글생글 방긋 옹알이가 한창이다 저 봉선화

사냥

먹잇감 노리는 개구리
툭 불거진 눈마저 딱 고정하고
왔다갔다 눈앞 스치는 파리 한 마리
포획하려 꼼짝없이
숨죽이며 엎드려 기회를 엿보는 모습

어느 봄 무르익어가는 날
더위를 피해 산그늘에 무심히 앉았는데
풀숲에 엎드려 꼼짝달싹 않는 개구리
풍덩 수영선수인 줄만 알았더니
미동 없이 숨죽이더니 찰나에 포획

기회는 저렇게 정조준으로 쟁취하는 것
느슨한 그물코로 살아온 나, 퍼뜩 한 수 배운다

이근숙 | 2003년『문학산책』등단. 시집『생각들이 정갈한 저녁』『홀로 도라지꽃』전자시집『햇빛사냥』수필집『두루미 날개 접다』『텃밭 둘레길』『감잎차 한 잔』『산촌통신』gopsul12@daum.net

시 | 이지율

반백 살 대학생 외 3편

무엇이 중요한데~
우연히 창가에 앉아 조용히
바람 따라 흔들리는 꽃과 나무를 보며
반평생 살고 있는 나의 하루를 생각하게 된다
아직도 너 꿈이 있니?
화분에
들에서 보던 풀이 인사할 때가 있다
너 어디서 왔니?
올 수 없는 곳인데…
차를 마시며 풀이 깨달음을 준다
올 수 없는 곳인데…
도전해서 이곳까지 날아왔구나
문득 나도 대학생이 되어야겠다는
생각을 해본다
반백 살 되고 입학을 하고
풋풋한 대학생이 되었다
나의 도전은 시작되었다
올 수 없는 곳인데…
너 어디서 왔니?

구름빵

찬바람이 쌩하고 불어오는 저녁
아이와 아빠가 편의점 앞에 앉아
구름빵을 먹는다
아이는 호빵을 먹고 아빠는 구름빵을 먹습니다
찬바람 따라 호이 호이
하늘에서는 눈구름이 몰려오고
입김도 구름빵이 됩니다
지나가는 사람들의 입에서도 호이호이
구름빵이 만들어 집니다
겨울이면 지구에 구름빵공장이 됩니다

이놈 잡아라

사무실 자판기 소리 여기저기 들린다
며칠 새 덥다
말파리, 눈파리, 버섯파리, 집파리, 초파리
열린 출입구를 통해 들어온다
큰놈부터 작은놈까지
아침부터 파리가 눈앞에서 아른아른 거린다
그래도 바쁘다 보니
자판기만 두드리며 일을 한다
점심을 먹고 다시 앉은 책상 너머
여기저기 박수 소리 들린다
책상 칸막이 위로 갑자기 못 참겠던지
주사님 둘이 충전 약한 전기채를 잡고
양쪽에서 동시에 테니스를 친다
말파리가 공이 되었다
요놈! 잡아라~에쿠 얏~있는 힘껏 휘두르는데
양쪽을 오가며 전기채를 피해 날아다닌다
얼마 지나지 않아 힘이 빠져 책상으로 떨어져버린 말파리
찌지직 소리 내며 운명하셨습니다
이놈 잡았다

여름 눈

날이 흐릿한 날 출근길
오늘은 푹 쉬고 싶다
마음은 어느새 이불 속
꽁꽁 숨어 자고 있는데
몸은 머리를 감고 목욕을 하고
화장을 하고 옷을 입는다
비가 내리려면 확 오던가…
이렇게 정체성을 잃어버리는 날
짜증만 밀려온다
차를 타고 도로를 달리는데
눈 내리는 것처럼 뿌연 하늘
금방이라도 눈물이 흐를 것 같은 날
신호 대기 중
유리창 앞에 눈발이 휘날린다
여름에 눈이라니
자세히 보니 무리 지어 날고 있는 하루살이들이다
이불 속에서 불평했던 내 모습이 사르르 없어지고
난 아무것도 아닌 철학자가 된다

이지율 | 2008년 『문학산책』 등단. 2002nymph0@daum.net

시 | 이혜란

매미 외 3편

잠 많은 고삼 아들 방 창문에 매달려
제발 좀 일어나라고
공부 좀 하라고
어르고 달래는 엄마 잔소리
끝없이 울어대는 알람소리 같다

이러다 지각하겠다
밥은 먹고 가야지
노랫가락 같은 엄마 걱정
학교까지 날아와
앵앵 하루가 숨차다

얼마 남지 않은 수능까지
공부도 한철이라고
재수는 꿈도 꾸지 말라고
애면글면 조바심
앵앵앵앵앵앵
여름이 짧다

한끗 차이

빈틈없는 직선이 질책 같아서
낮술에 취한 듯 비틀비틀 중앙선 걸친 앞차
어 – 어 하는 사이
몇 미터쯤 달리고서야
제 차선 찾아 거친 발길 온순해진다

잘못 판단한 길
빠--방
다급한 염려 알았는지
미안함과 고마움 비상 깜빡이 켜
깜박깜박 전한다

생각 한 번 삐끗해 잠시 벗어난 길
생각과 마음이
점선과 실선 사이 발 하나 걸치면
네 일이 내일이 되기도 하는

접근금지
주차금지

출입금지

선악의 경계에 허리 낀 금지들 비틀거릴 때가 있다

담 밖은 흐리고 바람 불어
마음결 닫아걸고 너를 밀어내다
내가 갇힐 때도 있지만
실선과 점선은 한끗 차이
금지를 뒤집으니 지금이다

장마

야음 틈타 빚쟁이 쳐들어오듯
사과 과수원 월담한 덩치 큰 남자
언제 빌렸는지 기억조차 없는 원금에
이자까지 갚으라는 악다구니에
머리채 잡혀 끌려 다니다
손발 골절에 전신 타박상이다

플래시 불빛같이
번득이는 회유와 으름장
닦달하듯 삼일 밤낮 이어지는 동안
아장아장 몸집을 키워가다
엄마 손 놓쳐버린 큰아이
잠결에 봉변당한 둘째
어미 치마폭에 겨우 몸을 숨긴 막내 울부짖음
우르르 쾅쾅 잘도 삼킨다

끙끙 몸살 앓는 소리
과수원 담장 넘을 때쯤
지원군 같은 햇살

암막 커튼 사이 삐죽 고개 내밀면

묵비권에 시치미 뚝 뗀 덩치만 큰 남자 발자국만

차용증에 남긴 손도장 같이 넙죽 엎드려 있다

채송화

가세 기운 장손 집
딸만 내리 여섯 낳은 어미는
무릎 없는 꽃잎처럼 돌 틈을 서성이다
곡물 파는 난전에서 바짓가랑이 곳간 삼아
한 잎 두 잎 끼니를 숨긴다

두근두근
철렁철렁

쌀 한 톨마다 심장 한 개씩
말랑말랑한 이밥을 먹이려고
복숭아 뼈 멍들도록
꽃잎 욱여 넣는다

소매치기 딸들에게
어머는 가장 털기 쉬운 지갑

눈보다 빠른 뭉툭한 손 기술
무릎이 일 그램씩 뻐근해지면

낮게 엎드린 앉은뱅이 밥상 위
절임배추 같은 어미 하루가
소복소복 점심 꽃으로 피어난다

이혜란 | 2022년 『문학이후』 등단. ran0987@hanmail.net

시 | 조순옥

채석강 책방* 외 3편

파도의 언어로 기록한 만권의 고서
꽃 덤불지던 시린 날
대나무 이파리 노래하던 날
시인이 자주 찾던 채석강 책방

해수면에 반짝이는 단어
물새 꾸르륵 읽어 내는 문장
큰 파도 일어나 첨삭할 때마다
목가적 풍경 해면에 풀어낸다

비릿한 해풍에 만취된 시인
일제강점기 젖은 마음 수평선에 말리며
번개처럼 읽어 내던 만권의 석 책
핏빛 노을 바다에 빠질 때면
마실길로 나가 시간을 꿰맸다

파도 숨결에 칠천 년 닳았다는 작은 돌
채석강 밟는 이들에게

사르락 바스락 밝은 목소리로 낭송한다
반들반들한 시인의 주옥같은 시를

* 전라북도 부안군 변산반도: 조선시대 하강암, 편마암 기저층으로 중생대 백악기의 지층

암매미

야심한 밤 몰래 찾아온 M
불 꺼진 집 베란다 방충망에 붙어
집 안을 염탐하는데
불면증 시달리던 안주인에게 딱 들켰네
미동도 없이 죽은 척하는 건지
깜빡 수면에 빠졌는지
집에까지 찾아온 걸 보면
분명 보통 관계가 아닌 모양인데
어둠이 눈을 가려 진정시킨다
거리를 두고 한참을 마주보다
졸음이 두 팔로 침실로 밀었다
신선한 아침
알람처럼 M 생각에 부르르 떨었다
무슨 일일까
온종일 뜨거운 구애 노래했지만
어느 가슴이 받아주지 않았을까
푸른 나무 뒤로 하고
삭막한 방충망에 붙어있다니
분명 의심 가는 한 사람 있긴 하다

내 촉이 아직 틀린 적 한 번도 없었지
퇴근하면 강력계 형사가 되어보리라
설마 내가 환자는 아니겠지
야심한 밤 단둘이 마주한 M
그 짧은 순간이 짧지만 않은 것은 왜일까

욕심아 대면하자

참으로 낯이 두껍더라
누구도 민낯을 모르고 아예 수위 표시는 없더라
가뭄에 저수지 바닥처럼 마르지 않더라
원산지가 엄마의 자궁이라 하고
세상 무대 소품이라 하는 이도 있다
들숨 날숨 원재료다
산소의 사돈이다
무수한 바람의 논리가 팽팽하기 시작한다
무형 무색으로 음지에 살아도
펄펄 혈기 왕성하다는 소문 세간에 살아있다
삶의 조미료다
죄와 사망의 조상이다
개 풀 뜯는 소리가 사방에서 우후죽순이다
그가 없는 세상 무지개 뜨나요
언제 다 소진할 수 있나요. 물어온다면
겨울나무처럼 아주 건강한 결핍이 필요하다 뿐
이미 답은 알고 있더라
과목은 태풍이 욕심을 따더라
예고 없이 달리는 쓴 열매 누가 따 줄까

인생 공부

공부는 죽을 때까지 해야 한다

'무슨 공부를 나이 먹어서 하나'
세간의 입술 삐죽 나온다

그대
지식의 어깨 좁아서, 색맹이어서
세상 섬에 홀로 남겨진 때 없었는가

가정과목 (연애, 부부, 자녀)
사회과목(직장 동료, 상사, 이웃) 열심히 공부 중인가?

세월의 뱃살 늘어나면
배울 과목 늘어난다는 것쯤 알고 있겠지

이순이 되면 '퇴직한 남편' '노을 닮은 아내'
필수과목이라네

'지금 이 나이에 공부해서 뭘 해'하지 마라

소통의 점수 돋보기로 들여다보게나
지금 몇 점인가를

오늘부터 평생 학습 시작하세
사과 같은 상큼한 청춘의 맛으로
마음 치매 오는 길 단단히 매복하세

우리에게 내일이 있는 한
인생 공부는 끝이 없다네

조순옥 | 2016년 『문학이후』 등단. lamp720@daum.net

시 | 허말임

어디 갔을까 외 3편

그해 여름 신인상 등단식 날
허리 부분 잘록한 원피스에
한껏 멋내고 설렘은
식은땀에 감추었다

많은 시간이 흐른 지금
책장에서 꺼내든 시집 한 권이
그날의 흔적이다
문우가 축하선물로 준 시집 속에
따뜻한 글귀가 살아나
첫 마음으로 이끈다

손 글씨는 세월이 흘러도
그 사람을 보는 듯하다
그날의 감동은 시집 속에 숨어 있는데
창밖 7월 햇살도 아직 뜨거운데
그때의 열정은 어디 갔을까

–가슴이 저절로 따뜻해지는 시

마음속까지 환해지는 시를 쓰라고
응원하던 글귀만 방울방울
땀으로 가슴 적시고 있다

오래전 습관

가끔 유치원에서 하원 하는
손주 데리러 가는 날이면
젊은 날의 나를 만난다

하나 둘 모여드는 젊은 엄마들
저 풋풋함 속에 끼어들 수 없는
세월의 거리감 멀찍이 비켜서서
귀만 여는 여유를 갖는다
버스가 오고 아이들이 내리고
하나 둘 엄마 품으로 안길 때

오래전 업어 키운 딸의 그 기억이
습관처럼 툭 튀어나와
쪼그려 앉게 한다
손주에게 등을 내밀며
아가 업어줄게…
환한 개구쟁이 웃음 무게에 실려
끙 하며 일어서는데

"엄마 요즘 누가 아기를 업어"
등에 업혀 오는 묵직한 무언의 말
걱정으로 따라 업힌다

붉은 마음으로

누구 손길일까

신단에* 올려놓은
배 한 개와
사과 한 개

그님은 떠나가도
흔적은 오롯이 남아
세월은 슬픔을 안고 삭혀내며
역사는 흘러가고

누구 마음이었을까

문학기행 길에 들러
마주한 시간
단풍처럼 붉어진 내 마음도
신단에 올려지고

* 금성대군

달려가는 봄

설렘으로 왔다가
느껴보기도 전에
게으름 한 점 없이 떠나갔다

쉬었다 가는
정류장도 없이 달려가고
내년에 또 찾아오겠지만

내 안의 봄날은 늙어가며
달려온 봄의 끝자락만
게으르게 따라가고 있다

허말임 | 2005년 『문학산책』 등단. 시집 『따라오는 먼 그림자』
『저 낮은 곳의 뿌리들』『마음에 틈이 있다』『소리에 젖다』
수필집 『달팽이 집 같은 업을 지고』『방어산 홑잎나물』
marim57@daum.net

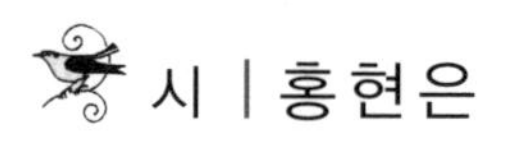

시 | 홍현은

영산홍 외 3편

영 안 올 듯 기미가 보이지 않아
꽃눈에 서리 내렸다는 소식
괜찮을까 밤새 뜬눈으로 안달이다

산 너머 발걸음 재촉하는
연둣빛 치마 자줏빛 빨간 저고리 입은
중매쟁이 엉덩이 실룩실룩 바쁘다

홍 홍 홍 홍
꽃 바람난 처녀 총각 언분이 따로 있나
가지가지 동네잔치 시끌벅적 난리다

목련이 터졌어요

어디서 왔는지 모를 씨앗 하나
외계인처럼 소리 없이 침입하더니
무자비하게 점령하고, 비명질러도
꽁꽁 얼음으로 문을 막더니
힘없는 입마저 하얗게 막아버렸어요

다시 그날이 올 수는 있을까
땅 꺼지는 한숨에 조바심만 났지요

그런데 무슨 일일까요
뻥튀기아저씨의 콧노래가 바쁘네요
무겁던 묵은 먼지 훌훌 털며
서둘러 나갈 채비를 하네요
뻥튀기 기계에 이리저리 기름 치고
털털거리는 녹슨 보물 1호지만
리어카 바퀴에 바람도 빵빵하게 채웠어요

봄바람이 고소하고 달콤한 장날
꽁꽁 싸맨 묵은 보따리들 안고

주춤주춤 구경꾼이 몰려들어요
뻥튀기아저씨의 뻥 소리에 환호하며
목련꽃이 빵빵하고 터지네요
설움도 근심도 아픔도 뻥 튀기면
하얀 목련꽃 빵 웃음 터집니다

행복을 튀기면 웃음이 배가 되고
시름을 튀기면 예쁜 하얀 꿈이 피어나요
뻥 소리에 목련꽃이 빵 터졌어요

그해 장마

그해 여름
더운 구름 추운 구름이 좌우로 충돌해
남북으로 비구름 마른 구름이 되었다

도둑고양이처럼 살금살금 다가온
발톱 세운 시커먼 그림자
하늘이 깨지는 쿵 쾅 쾅 굉음 소리
정신없이 조명탄이 번쩍번쩍 타다닥
화를 품은 총구에서 내뿜는 시뻘건 열기에
준비 없는 몸은 통구이처럼 이리저리 구르고
공중으로 튀어 오르기를 반복한다

어디로 가야하는지 준비 없는 참상은
정들은 살림살이를 버려야 하고
금방 오마고 손 흔들어 약속하며
생이별 맨몸으로 떠나 온 길
쉽게 끝나지 않는 지루한 날들
습한 마음 되어 삶을 무겁고 힘들게 한다
그래도 살아있어야 다시 갈 수 있다고

죽을힘 다해 일어나 달리고 달린다

그해 길었던 총성은 끝이 났어도
기약 없는 세월의 주름살은 늘고
그때가 언제일까 기억조차 가물가물해도
꽃 같은 노모 얼굴은 생생하니 곱기만 하다

이젠
그리움 가득한 그곳에 백일홍 가득 심어
얼룩진 노모 얼굴 하얀 분칠 꽃 화장하고 싶다

유월

유월은 슬픈 달이다

안개를 이고 가는 산허리마다
그날의 기억이 아파서 자꾸만 눈물 난다

무거운 군홧발에 찢겨진 청춘
맴돌고 맴돌아 빨간 장미로 피어나
시뻘건 피를 토해내는 김일성고지
빼앗고 빼앗길 반복할 때마다
피비린내 풍기며 통곡하는 청춘
엉덩이에 다리에 총알 박힌 채로
평생을 불구로 원치 않은 영웅 되어버린
피를 흘려야만 얻을 수 있었던
그날의 기억이 자꾸 아프다

그리움이 울고 있는 무덤가에
가시를 세운 붉은 장미가 피어나
내가 대신 피눈물 갚는다고
그만 아프라고 환한 웃음 짓는다

유월은 슬픈 청춘 되살아나는 달이다

홍현은 | 2018년『문학이후』등단. hheun84@daum.net

매 화 외 11편

주영애

시인. 수필가. 경남 합천 출생. 2006년 『문학산책』 수필 등단. 시집 『내 자리는 왼쪽이다』(2007), 수필집 『연분』(2010) 『고삐』(2016) 현재 『문학이후』 자문위원. 문후작가회, 이후문인클럽, 한국문학비답사회, 안양문인클럽, 한국문인협회, 재경합천출향문인 회원.

매화 외 11편

정혼하고 홀로된 동정녀
누가 만든 법이길래 꽃사슴 같은
선한 어깨 위에 청상이란 무게를 잔인하게
올려놓고
소복으로 눈 귀 가린 숨찬 갈증
시집올 때 어머님이 쥐어주신
은장도 바늘 한 쌈
이것이 무어냐고 머루알 같은 눈으로 묻고 있습니다
울어도 안 되고 웃을 수는 더욱 없고
세월이 말할 테니 그 집 선산에 뼈를 묻으란다
그녀에게 주어진 세 평 공간 창호지 한 겹으로
파아란 그리움과 노오란 슬픔을 가리고
기웃거리는 세상인심 세월 속에 묻어 둡니다
그녀의 방문 앞 댓돌 위엔 주인 없는 신발 하나
변함없이 어둠을 지키는데
반란하는 봄의 목소리
걸어 잠근 문고리를 흔듭니다
덜 깬 새벽 흰옷 잠깐 걸어 두고
분홍치마 사려 쥐고 동정남 기다리는
빠알간 볼우물에 춘설이 녹습니다

진달래

도깨비불처럼
무서운 불씨가
바람처럼 가볍게
이 산
저 산
건너뛰며 날아다닌다

대낮에도
쉽게 꺼지지 않는 불
봄 내내
어질
어질
도깨비불에 홀려
정신없는 사람들

요술 방망이
두드리는 곳마다
여기
저기
봄볕에 활활 타는 불꽃

두견새

성냥개비 화두火頭 같은
두견화 꽃망울 터질 때면
가지 끝에 아른거리는 빗살 무늬 사이로
머물지 않을 달그림자 썰물처럼 밀려가도
두견새 골골이 뿌린 눈물
꽃잎마다 피멍으로 물들이고
울어 지친 목마름 봄밤이 붉게 타네
그 옛날 며느리 시집살이 서러운 배고픔을
두견화 꽃잎 따서 주린 배 채우는데
개가 먹은 풀을 며느리가 먹었다고 시어머니 구박에
죽어서 새가 되어 이 산 저 산 밤새워 설움을 풀어 놓네
풀국 풀국 푸울국
차마 떨구지 못한 마른 잎 몇 개 달고 있는
헐벗은 나뭇가지 사이로 한숨 같은
한줄기 봄바람이 시르렁 흔들고 지나가네
상사초 움트는 소리로
체온 같은 봄이 창가에 다가와 서성이는데
억울하게 죽어간 며느리 한 맺힌 넋
푸울국 풀국 푸울국 개개 개개

자주 고름

분수처럼 솟구치는 억울함이 눈물 되어
몇 섬을 쏟았건만 이놈의 눈물샘은
얼마나 깊어 마르지 않고 아직도 나오는고
내 설움 남의 설움 눈물 바람 흩뿌리던 어머니
청망개 넝쿨 아래 칠 남매를 모질게 버려야 했던
한 뼘 가슴 속에 겹겹이 묻어야 했던 설움보다
더 견딜 수 없는 아픔은 당신께서 가문의 대를 끊는다는
강박관념 때문인지 편두통이 늘 어머니를 괴롭혔다
흙탕물 길, 하얀 눈길 누구나 당당하고 쉽게
가는 길을 무엇이 내 어머니를 살얼음 밟듯
외롭고 아픈 길을 걷게 했을까
세월의 강기슭에 체념을 띄워 두고 셋 남은 딸자식
부처님께 명을 빌며 희미하게 잊어갔다
어머니가 좋아했던 자줏빛 쪽댕기, 연둣빛 옥비녀
흰 저고리 곱게 여민 자줏빛 옷고름
검지도 붉지도 않는 것이 튀지 않는 고운 빛깔
자줏깃, 자주 끝동, 자주 고름은
장성한 아들, 남편이 있는 여인만이 다
갖추어 부릴 수 있는 멋이라 했다

그래서 더 외로운 어머니 가슴 한구석을 늘
짓누르던 아들 없는 설움
두 눈이 짓무르게 흘린, 고름보다 진한 눈물
고름이 다 젖도록 찍어 내던 내 어머니 한 맺힌
자주 고름 그 멋과 그림자

넋

고개 고개고 아아
고개 고개고 아아
뒷재 당산등 아카시아 숲속에서
꾀꼬리란 놈이 새벽잠 깨운다

아아 핏기 없어
아아 핏기 없어

기운 없어 고개 넘기 힘들단 말인가
넋이로다 고개 넘다 죽은
풋늙은이 넋이로다

이마 저마 고개고
암마 숫마 고개고

첫눈 쏟아지듯
또닥또닥 쌓인 감꽃 주워 먹고
물 마시며 버티더니
중늙은이 넋이로다

곡식에 제비 같은 것이 버들잎에 감겨

고운 목 낭창낭창 물오른 봄을

겁 없이 휘어잡고 절규한다

혼이로다 넋이로다

찔레꽃

삼단 같은 머리
비취빛 옥비녀 자색 댕기
쪽머리 단정하게
실 가르마 갈라놓고

세모시 적삼 속에
분홍 살빛
아른아른 감춰 놓고

안동포 치마 말기
봉긋한 가슴 위에
골 깊게 조여 놓고

애타는 그리움은
봄바람에 실어 놓고

동산에 달 뜨거든
다시 오마 약속한 님
먼-데 개 짖는 소리

행여
창가에 귀 기울인다

비누

창틀 틈 사이로 비집고 들여다보는
햇살을 몰아내고 우린 사랑했지
알맞은 수증기 안개 속에 맨살 가리고

매끄러운 분비물로 구석구석 애무하며
나를 유혹하는 황홀한 너의 체취
신음하는 입가에선 방울방울 뭉게구름 일고

격정의 순간이 지나고 나면
촉촉하게 땀에 젖은 네 작은 모습이
점점 야위어질 때
목 안 가득 아픔이 울컥 넘어온다

제 몸 축나는 줄 모르고 내미는 손마다
거절 않고 보듬어 주는 네 앞에선
부끄럼 없이 누구나 훌훌 옷을 벗지

비가 내리네

지난밤 흐릿하게 달무리 지더니
비가 내리네

먹구름 북쪽으로 양떼처럼 몰려가더니
비가 내리네

할머니 녹작지끈 삭신 쑤신다더니
비가 내리네

지렁이 길가에 쏟아져 나와 방황하더니
비가 내리네

바둑이 풀 뜯어 먹고 날궂이하더니
비가 내리네

뒷산 비비새 비비 비 울어 대더니
비가 내리네

일기예보 비 온다고 우산 챙기라더니
비 오질 않네

빈집

꿈길 따라 고향엘 간다
꿈속의 고향도 늙어
빠진 이빨처럼 듬성듬성 늘어나는 빈집
초막골 상엿집처럼 을씨년스럽다
수십 년 뒤안에서만 기거하던
상머슴 같은 대나무
청청하게 마당까지 걸어 나와
주인 없는 빈집 지킨다
낯익은 햇살이 급류처럼 밀려드는
야트막한 문지방 위
근엄한 할아버지 인자한 할머니 빛바랜 초상화
그림들만 살아남아 꼬장꼬장 오기로 버텅긴다
지난날 할아버지 커다란 기침소리
낡은 대들보 위에 먼지처럼 떠다닌다
넓은 마당 웃자란 잡초 속에
어지러이 헤집는 바람처럼
뛰어놀던 아이들 해맑은 웃음소리
이명처럼 들려온다
외씨 같은 젖니 두 개 드러내고

활짝 웃는 손주 재롱 보며
하회탈 닮은 할머니 함박웃음에
하나 남은 이빨이 뿌리째 흔들린다
퇴색된 기억 너머 한 · 시절 빼곡하게 쌓인 사연들
흑백사진 틀 속에 묶여 있다

바가지

구월이 오면 옛 생각에 그리워진다
돌담장 초가지붕에 비취빛 둥근 박이
탯줄처럼 뒤엉킨 가는 줄기에 만삭으로 매달려
등불처럼 하얗게 밤을 밝히고
담장 너머 석류 볼 수줍게 익어가는
만추의 저녁나절

산골의 해는 서둘러 재를 넘고
오므라진 박꽃 애기 속살처럼 뽀얗게 열리면
굴뚝마다 저녁연기 안개꽃처럼 속삭이듯
하늘거리고
아낙네 저녁 준비에 바가지도 부산하다

한박, 조랑박, 마디마디 일천박
쌀바가지, 물바가지, 우물에 두레박
서민들 생활 속에 여인들 손끝에서
사랑과 애환을 함께 해온 바가지
옛것은 사박사박 잊혀져 가고
그리움은 앙금처럼 가슴 깊이 쌓여간다

겨울에 핀 진달래

현관 앞에 도사리고 있던 날 선 한기가
쏟아질 듯 왈칵 이마에 와 부딪힌다
한줄기 늙은 바람이
마른 가지 흔들고 다니는 성태산 들머리
세속의 욕심 다 버린 채
돌아갈 길 열어 주고
자는 듯 조는 듯
청룡사* 팔작지붕
깊이 패인 골기와 이끼 위에
자색 안개 고요로 내려앉고
있는 듯 없는 듯
비구니 파르름한 머리처럼
정갈한 목탁 소리 똑똑 똑도구르
산자락 길-게 드리운 빈 새벽을 깨운다
마른잎 바스락 발끝에 부서지는
한적한 등산로 옆
게으른 겨울 해가 오래도록 머무는 곳
지는 해에 실어 보낸 첫사랑 기다리는
저 철없는 여인

장미꽃 전설 같은 불타는 입술 수줍게 떨고 있다
바람 자는 날이라고 봄이 온 줄 알고 있나
인고로 물든 보랏빛 꿈을 깨는
첫눈이 먼저 온다
소복이 쌓인 흰 상처 위에 고양이 수염 같은
꽃술 몇 개가 빳빳한 자존심 세우고

* 안산 일동에 있는 사찰.

짝사랑

자전하는 세월의 수레바퀴는 돌고 돌아
저만치 한 해가 저물고
긴 침묵에 빠진 겨울
자연은 또 한 번의 봄을 준비하는데
후회로 남은 지나온 발자국을 뒤돌아본다
무식이 용기라던가
문학이라는 맑고 깊은 호수 속에 겁 없이 뛰어들어
허우적거린 지 어언 7년
그대를 알고 한없이 행복했노라고
잡힐 듯 닿을 듯 다가서면 멀어지는
문학의 그림자여
노을빛에 머물다 스쳐 간
못다 부른 내 노래가 한 소절 꿈이었나
돌아보면 부끄러워 그대가 날 버리기 전에
내가 먼저 떠나가면 그만인 것을
밤이면 가위눌려 몽롱한 기억 속에
찢어버린 습작지 구겨진 시어들이
수많은 나비 되어 하얗게 몰려오고
나를 밟고 넘어가라던 스승의 선한 눈이 두려워

잠에서 깨어난다
스승의 큰 뜻 끝없는 사랑 조금은 알 것도 같은데
명치끝이 아려옴은 영하의 칼바람 탓일까

＊ 주영애 첫 시집 『내 자리는 왼쪽이다』(2017년 刊) 해설 중 앞부분에서

전설 속 恨, 민족의 원형 찾기

— 주영애 빛나는 과거, 그 오솔길 따라

배 준 석
(시인 · 『문학이후』 주간)

文學의 상당 부분은 과거에 의존하게 된다. 단순히 지나간 쓸모없는 것이 아니라 한 인생이 살아온 절절한 흔적이기 때문이다. 세상사, 모든 것은 흔적을 남긴다. 그것이 詩든 철학이든 종교이든 삶이든 마찬가지다.

과거는 하나같이 잊어야 할 일이 아니라 오늘을 비춰보는 거울이 된다. 과거가 있기에 오늘과 내일이 존재한다면 사람의 존재 의미는 상당 부분 과거에서 찾을 수밖에 없다. 나이를 더한다는 것은 그래서 경험과 연륜이라는 놀라운 지적 광채를 더한다는 이야기가 된다.

文學 속에서도 詩는 예민한 감수성과 감정적 긴장감, 그리고 번득이는 표현, 비수처럼 꽂히는 의미를 통해 놀라운 감동을 느끼게 하는 매력을 담보로 한다. 그래서 詩는 젊은이들의 전유물인양 생각되지만, 그 속에서도 경험과 연륜이라는 과거는 나름대로 자리가 분명 있다. 그 자리를 잘 보듬고 지키며 오래 앉아있다 보면 자연스레 독특하게 빛나는 詩의 모습이 보이게 된다.

주영애 님은 詩 창작부터 수업한 분이다. 그것도 한두 해 공부한 것이 아니라 8년 지기가 된다. 당시 나는 수필이건 소설이건 문학의 근본은 詩라고 생각했고 詩를 공부하지 않고 어찌 文學을 할 수 있느냐고 역설했다. 당연히 나와 문예 창작을 공부한 사람들은 그 바탕에 詩 창작의 솜씨가 크게 자리하고 있다. 그렇게 5~6년간 詩 창작을 하다가 2년 전부터 수필창작도 공부하여 수필가로 등단한 분이 주영애 님이다. 물론 나와 문예 창작을 공부하는 사람 중 가장 연세가 많으시다. 하지만 문학적 열정이 뜨거워서 문학기행, 문학의 밤, 시화전, 작가와의 대화 등 각종 문학 행사에 빠짐없이 참여하고 있다.

文學뿐만 아니라 세상일이란 뜨거운 열정이 필요하다. 살아있다는 증거가 무엇인가. 한 시절 살다가는 짧은 인생 여정에 뜨거운 열정이 없다면 얼마나 밋밋하고 허무할 것인가. 그런 열정이나 文學이나 詩나 삶이나 나이와 상관없다는 것을 이번 시집 발간을 계기로 또 확인하게 된다.

그러니까 이번 시집의 작품들은 모두 詩 창작 수업 시절 쓴 것이다. 새삼 한 권으로 엮으며 다시 읽으니 감회가 깊다.

* 주영애 시인이 투병 중입니다. 안타까운 마음을 담아 詩 특집을 꾸밉니다. 하루빨리 완쾌하여 활짝 웃으며 문학기행 가고 싶은 마음입니다.

수필

구자선

김선화

이영숙

이정자

임승희

정은경

조현옥

허순미

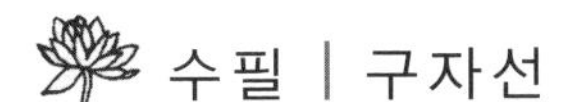

수필 | 구자선

지금 이별하러 갑니다 외 1편

한 아주머니가 물어요.

“스님, 제 남편이요 얼마나 바람을 피우는지 징그러워 못 살겠어요.” 스님이 말합니다. “그럼 안 살면 되잖아요.” 아주머니가 말합니다. “그런데요. 저희 집 양반 돈도 잘 벌구요. 인물도 훤해서 그만한 사람이 없지 싶어요.” 스님이 말합니다. “그럼 그냥 살면 되겠네요.” 아주머니가 말합니다. “그런데요. 그 양반이 하루가 멀다고 이 여자 저 여자 바람을 피워 대서 참 살기가 싫어요." "그럼 안 살면 되잖아요.” “아휴 참…”

“그럼 그 양반 버리면 누가 주워는 갈 것 같아요?” “그럼요. 삼 일도 안 돼 딴 여자가 데려가죠.” “그럼 다른 남자 만나면 되잖아요? 다른 남자 만나면 그 양반보다 나을 것 같은데요.” “아니요. 그 사람 힘도 좋구요, 인물도 훤해서 그런 남자 못 만날 것 같아요. 아휴 참. 이러지도 못하고 저러지도 못하고 어쩌면 좋아요?” 스님이 말합니다. “인생을 뭐라고 해요? 고 라고 하죠. 세상에 내 뜻대로 되는 게 어디 그리 많던가요?” “그 양반 폭력은 해요?” “아니요. 그런 건 없어요.” “그럼 그냥 살아요. 바람 피는 거 빼고는 다 좋잖아요." "그렇긴 한데요. 아휴 참…."

한 남자와 여자 그리고 아이가 함께 길을 가고 있습니다. 한참을 걷다가 큰 나무 그늘에 앉아 쉬고 있습니다. 그런데 그때 젊은 남자가 다가와 저만치 앉아 쉬고 있습니다. 한참이 지난 후 그 젊은 남자가 툭툭 옷을 털고 길을 떠납니다. 그런데 난데없이 여자가 벌떡 일어나 그 젊은 남자를 따라갑니다. 아이가 말합니다. "아빠, 엄마 붙잡아요. 왜 엄마가 저 남자를 따라가요? 얼른 붙잡아 데려오세요." 하지만 아빠는 멀뚱멀뚱 바라만 봅니다. 그리고 말합니다. "소용없어. 이미 우리의 인연은 여기까지인 것이야." 아이는 울며불며 소리치지만 여자는 그저 묵묵히 젊은 남자를 따라갑니다. 남자는 말 없이 바라만 봅니다.

사람의 인연이란 것이 그런가 봅니다. 어느 날 문득 내 안에 들어와 인연이 되고, 어느 날 문득 예고 없이 사라지기도 하는 그런 건가 봅니다. 아무리 붙잡고 싶어도 붙잡을 수 없고, 징글징글 정나미 떨어져도 내 마음대로 되지 않는 것이 인연인가 봅니다. 한 곳에서 여러 인연과 더불어 살다가 환경이나 관심이 바뀌면 인연도 따라 바뀝니다. 새로운 곳에 적응하다 보면 그 새로운 곳에서 새 인연을 만납니다. 그리고 또 인연이 됩니다. 가끔은 좋은 인연도 만나고 때로는 그렇지 않은 인연을 만나기도 합니다. 그래도 우리는 사람들과 함께 살아가기 때문에 그 인연을 떨쳐낼 수는 없습니다. 함께 또 인연을 짓는 거지요.

어느 책에서는 그러더군요. A는 B를 좋아하고 B는 C를 좋아한다고. 그래서 늘 마음이 아프고 고통스럽다고요. A와 B가 서로를 바라 볼 확률은 우리가 평생 살면서 번개 맞을 확률보다 더 적다고요. 과연 그럴까요? 생각해 보면 너도 나도 짝을 맺고 살지만, 그 짝이 진짜 내가 좋아하고 소망하는 그 짝인지는 잘 모르겠습니다. 설령 그 짝을 만났다 해도 처음 그 마음이 영원하다고는 말하지 못하겠네요. 이 세상에 영원한 건 없으니까요.

꿈을 꾸었어요. 먼 데 여행을 갔는데, 떠날 때는 분명 여럿이었는데, 어느 순간 주변에는 아무도 없었어요. 분명 내 곁에 있었으면 좋겠는데 사람들은 모두 어딘가로 떠나고 나는 또 혼자가 되었네요. 누군가에게 커다란 케이크를 선물한 것도 같고, 길을 잃은 것도 같고, 그 선물이 다 뭉개진 것도 같은데, 어느 순간 잠이 확 깨고 말았습니다. 그리고는 혼자 중얼거리죠. '세상에 내 것이 하나라도 있는 줄 아니? 그저 숨 쉬는 것만으로도 감사한 일이지.'

이게 무슨 일일까요? 한참을 생각하는데 같은 말만 되뇌고 있습니다. 세상에 내 것이 하나도 없다네요. 과연 그런가요? 정말 세상에는 내 것이 하나도 없는 것일까요? 한참 꿈을 되짚어 보는데 더는 생각이 나지 않습니다. 방금 나와 함께 걷고 함께 케이크도 나누었는데 그뿐, 더는 생각이 나지 않습니다. 나는 아직 침대에서 일어나지도 않았는데, 누구랑 아무 말도 하지 않았는데, 그저 눈만 뜬 것뿐인데, 방금 있었던 일이 아무

것도 기억나지 않습니다.

어느 날 문득 내 인연을 다 잃어버리고 잊는다면 그때는 어디로 가야 할까요? 아무것도 기억할 수 없는 순간이 찾아온다면 그때 우리의 인연도 끝이 나는 것인가요? 지금 이 순간 나와 함께하는 인연이 더욱 소중해지는 시간입니다. 사실 지금 이별하러 가는 길인데, 이별도 내 뜻은 아닌가 봅니다.

멋대로 살아

가꾸지 않아서 버려진 땅. 그 땅에도 생명은 있어, 푸르게 붉게 풀밭이 되었다. 지난여름 무성했던 망초와 양귀비, 듬성듬성 황금빛 금영화, 수레국화, 말뱅이 나물이 제 터전인 양 활짝 꽃을 피웠다. 복잡한 도시를 떠나 시골 한적한 곳에 자리 잡은 어느 농가 같다. 붙어 있지 않아서 헐렁한 듯 여백 사이로 바람이 사이사이 숨바꼭질한다. 어느 젊은 처자의 환한 웃음 같다.

나는 지금 고잔역을 지나 초지역으로 향하는 철길 아래에서 여름을 기다리고 있다. 아직은 꽃의 계절을 아쉬워하는 듯 봄과 여름 사이에서 한낮을 견디는 법을 숙지하고 있다. 산다는 것이 매양 봄처녀처럼 들떠 살 순 없는 것이라는 생각을 한다. 이 뜨거운 햇살을 견뎌야 다음을 기약하며 씨앗을 품을 수 있는 거라고, 여러 해 건너온 선조들은 이미 다 아는 사실이라고 말하는 듯하다.

계절은 소리 없이 겅중겅중 건너서 다음 계절에 도착한다. 나도 오십 년을 건너서 뜨거운 여름을 지나간다. 여기가 끝은 아니다. 아직 씨앗도 부풀려야 하고 내 몸의 수분을 다 빼내야 비로소 다음을 기약하는 씨앗으로 여물 것이다. 하지만 그것도 모르는 일이다. 내 작은 씨앗이 모래밭에 뿌려질지 가시덩굴에 던져질지 가보지 않은 길이기에 알 수는 없다. 곱게 자라 여문 호박도 때로는 빈방 구석 창에 던져져 잊힐지 모르기 때문이다.

"멋대로 살아. 다른 사람 신경 쓰지 말고 멋대로 살아. 살아보니 그래."

텔레비전 프로그램 '다큐 공감'이라는 방송을 보고 있다. 106세의 최돈춘 할아버지에게 어떻게 살아야 하느냐고 물으니 '멋대로 살라'고 한다. 멋대로 살라는 말이 가슴에 박힌다. 남 신경 쓰지 말고 하고 싶은 것 하면서 멋대로 살아보라는 말이 참 멋있는 말이구나 한다.

나는 때때로 멋대로 하는 버릇이 있다. 내가 보고 싶은 것만 보고 듣고 싶은 말만 듣는 경향이 짙다. 가끔은 듣고도 못 들은 척, 보고도 못 본 척 외면할 때가 있다. 그러면 마음의 풍랑이 잔잔해지는 수가 있다. 그렇게 오래 지내다 보니 누가 뭐라 해도 내 고집대로 일 때가 많다. 가끔 고집불통이라는 말을 듣긴 해도 잘 바뀌지 않는다. 원래 사람은 잘 바뀌지 않는 습성이 있다고 하니 그러려니 한다.

나주의 한 작은 마을에 '죽설헌'이 있다. 이곳은 박태후 화백이 고등학교 때부터 화가의 꿈을 키우며 가꾸어온 한국 전통 정원이다. 나무가 좋아서, 자연이 좋아서 조금씩 좋아하는 꽃과 나무를 심다 보니 이제는 만 오천 평이나 되는 멋진 정원이 되었다. 정원에서는 꽃과 나무를 가꾸고 시간이 날 때마다 그림을 그렸다. 그 그림 속의 소재는 언제나 정원에 있는 꽃과 나무이다. 나무는 우리에게 많은 인생의 비밀을 가르쳐 준다고 말하고 있다.

젊은 시절, 그는 농촌진흥청 공무원이었다. 열심히 공무원 생활을 하면서 틈틈이 그림을 그리고 자연을 가꾸었다. 어느 날, 공무원은 퇴직해도 어느 시점이 되면 평생 연금이 지급된다는 것을 알았다. 그리고 그 시점에 도달했을 때 과감히 사표를 내고 고향 나주에 들어간 것이다. 문득 참 멋진 인생을 시작했구나 하는 생각이 들었다.

사람들은 평생 자신의 꿈보다 생활에 대한 책임으로 살아갈 때가 많다. 설령 많이 가졌다 해도 일을 손에서 놓는 것은 삶을 놓는 일처럼 생각하는 경향이 있다. 그래서 사람들은 쉽게 일을 놓지 못한다. 반면 과감히 하던 일을 정리하고 꿈꾸던 꿈을 향해 과감히 사표를 던진 화가의 선택이 참 멋있어 보였다. 나도 언젠가는 과감히 사표를 던지고 나의 터전을 찾아 떠날 수 있을까? 생각해 본다.

문득 내게 두 발이 있어 가고 싶은 곳으로 갈 수 있어 다행이라는 생각을 한다. 하루를 시작하며 어디를 가야 할지, 무엇을 바라보아야 할지 생각해 본다. 오늘은 강아지 미용을 하는 날이고, 그 강아지가 미용하는 동안 어제 지나오면서 언뜻 본 들꽃을 찾아가기로 마음먹었다. 그리고 나는 지금 이곳 고잔역

양귀비 그늘 아래에서 꽃바람을 맞고 있다. 가볍게 망초와 양귀비 사이를 지나온 바람이 장난이라도 걸듯 선뜻 어깨를 스치며 지나간다.

조용히 휴대전화를 열고 듣다 만 노래를 듣는다. 노래에는 사랑이 있다. 노래에는 슬픔도 아픔도 기다림도 있다. 하지만 무엇보다 전하지 못한 마음의 말도 고스란히 담겨 있다. 조용히 노래 가사에 사랑을 담아 다음 이야기를 띄워본다. 그리고 생각한다. '그래 멋대로 살아. 그래야 후회가 없어.' 백세를 넘긴 할아버지의 말을 되새긴다. 그래, 멋대로 살아보자. 마음이 후련해졌다.

구자선 | 2006년『문학산책』등단. 수필집『덩그러니』
j0407s01@daum.net

연록 빛깔 은유에 전율하다 외 1편

더 늦기 전에 나서야 했다. 산의 연둣빛이 초록으로 짙어지기 전에 서둘러야 했다. 공주에서 계룡시로 넘는 밀목재를 출발점으로 동편의 산을 타기 시작해, 백운산과 관암산을 거쳐 우리 옛집 뒷산 시루봉으로 길을 잡았다. 지형 따라 몸의 중심이 앞으로 쏠리니 발끝이 신발코 안쪽에 닿아 얼얼했다. 발톱 서너 개는 빠질 각오를 했지만 퇴직 후 기꺼이 동행하며 길을 트는 남동생 앞에서 전혀 내색하지 않았다.

얼마나 가파르게 내려왔는가. 산 정상부에서 한 시간여 잡목 속에서 헤매었지 싶다. 산초나무와 찔레 덩굴 가시가 특히 복병이었다. 경제적으로 궁핍했던 예전엔 동생 앞길의 덤불 더미를 내가 치워줬다면, 나이 지긋하고 건강이 약해진 이 날에는 동생이 누이의 앞길을 내어주고 있었다. 푸릇푸릇한 길을 헤치며 내딛다 보니 어느결에 발 디딤이 수월해졌다. 계속 내리막이 아니고 서너 걸음은 평지나 마찬가지로 몸의 중심을 잡을 수가 있었다. 그러다가는 한 춤 내려서기를 반복하는데, 시야는 여전히 큰 나무군락에 가려서 여기가 어디쯤인지 알아보기

어려웠다. 길이 너무 막연할 땐 산짐승들의 발자국이라도 따라가 보자고 제안할 정도였다.

한데 유년의 촉수는 오랜 세월이 흘러도 그대로인 것일까. 나는 불현듯 발길을 멈췄다. 그리고 작게 환호했다.

"가이당(육칠십 년대, 그때는 일본의 잔재가 우리 생활에 깊이 뿌리 내려 채 거두어지지 않고 있었음.)이네! 여기가 바로 우리 아버지 밭, 계단밭이네."

"맞네. 계단밭이네. 그러네요."

남매는 더 이상의 말을 잇지 못했다. 아이들 몸으로 몇 층의 돌계단을 엎드려 딛고서야 겨우 한 간을 올라갈 수 있던 사래긴 밭. 구릉을 휘돌며 이랴~ 이랴~ 워~ 워~~하고 소를 어르던 아버지의 목청이 되살아나 녹음 피어나는 사월의 뒷산을 가득 채운다. 고추는 세 고랑, 참외 수박은 한 두둑이면 족하던 너비였다. 해마다 뽑고 캐내도 봄철이면 싹이 돋아 실한 딸기나무가 되던 원수 같던 가시덩굴이 있고, 그러면서도 떡갈나무 이파리를 나뭇가지로 꿰어 엮어 담아 오신 아버지의 딸기 선물을 받아들고는 좋아 깡충거렸다. 나도 몇 번 김을 매며 뽑히지 않는 그것의 뿌리를 짜증 섞어 찍어댔었다. 그 강한 생명력 덕분에 돌계단 층층의 밭에는 딸기꽃이 하얗고, 소담스런 붉은 열매가 아이들을 불러올렸다.

사십여 년을 훌쩍 넘긴 지금 아버지가 쌓아 올린 그 스물세 칸의 계단밭은 참나무군락지가 되어 극성스레 찾아온 옛 주인들을 낯설게 맞이하고 있다. 풍화작용에 허물어져 경계마저 모호한 기나긴 성곽들. 뿌리 깊이 박힌 큰 돌의 흔적으로 기나긴 여정 속의 어린 날과 마주한다. 아예 그 자리에 털썩 주저앉고 만다. 아득히 잊고 살았던 돌의 생김새, 그 자잘한 자취들은 커다란 수레바퀴가 되어 지나간 시간을 되돌리고 있었다. 어찌 보면 옛터를 밟아보겠다고 이 지점에 다다른 우리 남매가 놀라울 따름이었다.

아래에서 첫 번째 계단 밭둑 머리에는 호롱불을 매달고 망을 보던 원두막이 있었다. 오리나무를 베어다 얼키설키 엮어 기둥 세우고 마루 얹고 고깔 올린 낭만 어린 장소였다. 그곳에 서면 호남선 열차가 기적소리를 내며 수많은 사람의 꿈을 실어 나르는 모습까지 한눈에 들어왔다. 그럴 때면 내 마음 한편에서는 미지의 어떤 세계들이 거침없이 손짓해댔다. 뭔가 뚜렷하진 않지만 설렘 같은 것이기도 하고, 둥지 밖의 세상에 대한 두려움이기도 했다.

한번은 아홉 살이던 내가 이 원두막에서 하룻밤을 묵었는데, 아버지가 밭을 둘러보러 나가신 틈에 비바람이 불어 원두막과 함께 쓰러졌다. 어둠 속에서 달려오신 아버지는 금세 뚝딱뚝딱 원두막을 일으키고, 놀랐던 나도 흙을 툭툭 털어내며 있는 힘껏 기둥을 붙들었다. 그런 박토에 돼지 두엄을 져 날라 참외 수박 농사를 지어 열한 자식에게 단것을 먹이던 아버지와 어머니.

거기서 조금 더 마을 방향으로 내려오자 기세 좋게 소쿠라지던 폭포가 드러난다. 어린 자식들이 암반 위의 징검돌을 밟고 오갈 때, 항상 발 조심하라며 이르시던 아슬아슬한 곳이다. 자세히 보니 이끼에 덮인 층이 삼단도 넘는다. 큰 골짜기에서 흐르는 물살이 쉼 없이 펄떡이던 뒷산의 심장부 같은 이곳은 언니와 나의 비밀 목욕탕이었다. 내가 일곱 살 나던 해였던가. 외할머니가 이북 말씨로 "에무나이들은 이제 다 컸으니 여기서 목간하라우." 하며 돌둑으로 가려주셨던 계집애들의 은밀한 목간탕…. 새삼 연두의 칙칙한 절벽 앞에서 내가 정물이 되는 듯하다.

자연은 유구한데 생명체만이 무심히 돌고 도는 것일까. 왁자하던 마을 사람들 모두 군사기지라는 나라 정책에 밀려 뿔뿔이 흩어지고, 외할머니도 어머니도 아버지도 이미 저편에 드신 지 오래고, 나도 이만치 기울어져 있다. 저 아래 서늘하고도 원초적인 성소는 차마 마주하질 못하고, 이끼가 덧입혀진 바위벽만을 온 가슴으로 그러안는다. 쓸쓸하다 못해 처연하게 와 닿는 빛이 때로는, 형용키 어려운 색채의 아름다움일 수 있는 까닭이다. 이제 다시는 디뎌볼 수 없다 하더라도 이날의 비밀 한 자락이 연록 빛깔 은유로 내 생에 거침없는 음표를 만든다.

문 앞에서

변화무쌍한 삶이 매 순간 막을 열기 전의 무대 같다. 열정을 다해 살아가고 혹은 저항하고, 새로운 장에서 또 새 꿈을 꾸는 까닭이다.

수술실 문이 철커덕 닫히자 몸이 파르르 떨렸다. 아들뻘 되는 의사에게 민망하여 빈 말을 건넨다. 이젠, 왜 이러는지 다 이해했는데도 자동으로 반응한다고.

"네. 덮개를 덮어드리면 덜하실 거예요."

젊은 의사의 정성들인 언행이 고맙다.

"조금 있으면 교수님이 오셔서 직접 수술하실 겁니다."

그 말조차 위안이다.

정초부터 비상이 걸렸으나 종합병원 가는 일이 늦춰졌다. 신장 기능이 급속도로 떨어져 조율하느라 안간힘을 썼는데 회복되질 않았다. 내 몸을 샅샅이 읽어 내는 주치의 앞에서 두려움과 공포 속에 입이 더욱 붙어갔다.

"팔에 장치(동·정맥루*)를 하루라도 빨리 해 놓는 것이 좋겠어."

이 말을 들었을 땐 드디어 올 것이 왔구나 하고 가슴이 철렁했다. 부연 설명을 하려는 분께 퉁명스레 선행학습이 너무도 잘 되어있다고 잘라 말했다. 질병 앞에서의 선행학습이란 기막히게 슬픈 단어다. 신장질환 관리를 받아온 지가 만 23년이나 되었으니, 우리 둘은 이미 오래전에 의사와 환자의 관계를 넘어서서 눈빛만으로도 심중을 꿰뚫는 관계망이 형성된 터였다.

"더는 안 되겠어. 지금쯤엔 몸이 반응할 텐데!"

절대 아니라고 부정하고 싶었다. 견딜만하다고 멀쩡한 모습을 보여주고 싶었다. 감추려 한다 해서 그리되는 것은 아니지만, 나는 아예 아무 말 없이 선생님 눈빛만 살폈다. 약은 점점 늘어났다. 일 년 전부터 수상한 조짐을 알아차린 선생님은 기존의 약에 더 센 약을 처방했다. 무슨 숯가루 같은 것이었다. 하루 두 포씩 먹었는데, 막바지에 투석 준비해야겠다는 진단을 받을 때는 내가 너무 놀란 나머지 속사포처럼 내뱉었다.

"그럼 그 약을 하루 세 포씩 먹으면 안 될까요?"

순간적으로 통제를 잃은 돌발행동이었다. 흔들리는 내 눈빛을 스스로 알아차렸지만 부끄럽지 않았다. 막다른 문 앞에서 체통이란 게 무슨 대수인가. 절박함에서 나오는 절규는 그런 것이었다. 선생님은 아무런 대답을 찾지 못했다.

돌이켜볼수록 이처럼 어리석은 대꾸가 어디 있단 말인가. 십여 년쯤 젊었을 때야 농을 섞어 선생님은 저를 관리해줘야 하니 늙지도 돌아가시지도 말라 했지만, 나이가 들 만큼 든 사람이 철부지처럼 억지를 쓰고 있었다. 충분히 각오를 해왔고, 이

병의 예후가 어떻다는 것을 지극히 잘 알고 있는 터에 무슨 말이 필요하랴. 진료실 안은 잠시 무거운 침묵이 흘렀다. 이성으로의 판단은 명확하나 본능적 어리광이 통했으면 하는 요행을 바라기도 했다. 보름에 한 번씩 조혈제를 맞으러 서울 길을 택시로 다니고, 칼륨 수치를 줄인다고 더 추가된 약까지 복용했다. 어찌 보면 온종일 정신 바짝 차려 약 먹는 시간을 조율하는 연속이었다. 내 몸은 즉 약 먹는 기계였다.

그간, 이왕 다니는 병원인데 즐겁게 다니자며 소풍 가듯 하던 길에 더 이상의 허세는 용납되지 않았다. 맨얼굴을 마스크로 가린 채 모자를 푹 눌러썼다. 그토록 조심하며 살얼음판 디디듯 했는데, 불시에 닻을 잃고 허우적거리는 항해나 다름없어 화도 났다. 숱하게 밀려오는 번민의 조각들이 스스로 옥죄고 풀어줄 기미가 없었다.

그렇게 한 달 두 달 흘러가고, 닥쳐오는 파도를 떠다밀며 의사 선생님 앞에 차츰 거짓말쟁이가 되어가는 내 처지가 가여웠다. 잠깐만 일어났다 앉아도 숨이 턱까지 차는데 표정 하나를 바꾸지 않았다. 마침내는 원색적으로 이 정도로만 관리되며 살아도 좋겠다고 중얼거렸다.

"그럼, 그렇지. 그렇고말고. 말해 뭐해. 헌데 이 증세가 처음엔 서서히 가다가 막다른 길에선 수직으로 뚝뚝 떨어진다니까. 그게 문제지."

안타까운 대화가 이어질수록 쓸쓸함이 감돌 뿐이었다.

어차피 가야 할 길이라면 부딪히지 않을 수 없는 일, 3월이 되어 선생님 앞에서 내 팔뚝을 가리켰다. 실로 내키지 않지만 오래도록 기다려온 사람마냥 이거 언제 하느냐고 여쭈었다.

"가만 있어, 가만 있어. 요놈 코로나 좀 지나가고."

안도의 숨이 나왔다. 아무려나 시간을 벌어놓은 격이다. 집에 와서는 가족 앞에서 코로나 끝나면 수술한다며, 다시 두 달을 넘겼다. 그러다가 5월 중순을 넘길 무렵, 병원에서 응급으로 연락이 왔다. 더는 안 되겠다고….

둘째 아이를 낳은 후로 시름시름 앓던 증상 외엔 의심해 보지 않은 질환이다. 다른 일로 대학병원엘 갔다가 기초 검사에서 이상소견이 보인다고 하여 인도된 곳이 신장내과였다. 그때 만난 교수님이 나를 생의 저울에 올려놓고 기울기를 측정하며 이제껏 낼 수 있는 처방은 다 내었다.

1차 대단원의 막은 내려졌다. 이전까지의 삶은 이제 뒤안길이다. 새로운 방식의 삶이 앞길에 펼쳐지려는 중이다. 누구에게나 미래는 한 번도 가보지 않은 길이지만, 내겐 특별한 문이 열리려 한다. 지금 그 지점에서 떨리는 가슴을 옹송그리고 있다.

* 혈액투석을 받기 위해 준비해두는 수술.

김선화 | 1999년 『월간문학』 수필, 2006년 청소년소설 등단. 수필집 『우회迂廻의 미美』 외 8권, 시집 『빗장』 외 3권, 청소년소설 및 동화 『솔수평이 사람들』 외 2권. 한국수필문학상 등.
morakjung@daum.net

까뛰와의 여행 외 1편

작은아들이 중국으로 떠나고 우리 두 부부가 외롭게 지낸다고 큰아들 내외가 강아지를 분양받아 가지고 왔다. 미리 말하면 틀림없이 반대하실 것 같아서 그냥 데리고 왔다면서 까맣고 작은 강아지를 내 품에 안겨준다. 갑작스럽게, 마음의 준비도 안 된 상태에서 안으니 반가운 마음보다 걱정이 앞섰다. 강아지 키우는 비용이 어린이 유치원비와 맞먹는다는 말을 주워들었던 터라 예방 주사와 사료값, 병원비가 걱정되었다. 그보다 더 걱정은 여행하며 살려고 했는데 그때는 어떻게 할지 갑자기 근심 한 덩어리가 품에 안긴 것 같아 기쁘지 않았다.

왜 사전에 말도 안 하고 데려왔냐고 퉁명스럽게 말을 하고 품에 안은 강아지를 보는데 '받아 줄 거죠?' 하는 듯 초롱초롱 빛나는 까만 눈동자가 나를 쳐다본다. 그 모습이 어찌나 귀엽던지, 당황했던 마음이 사르르 녹으며 보호 본능이 솟아났다.

요크셔테리어이며 털이 까매서 까미라고 하려다가 이왕이면 생각하는 강아지로 살라고 까뛰라고 이름을 지었다. 병원에 가서 예방 주사를 맞히고, 잘 집과 소변 가릴 기저귀를 샀다. 목욕할 때 필요한 샴푸라던가 수건 등 준비할 것이 많았다. 아기를 낳은 것처럼 부산하게 이것저것 준비하다 보니 까뮈가 내 자식이 된 듯 사랑스러운 마음이 들었다.

우리 마음에 들어야 한다고 저도 느꼈는지 쉬도 잘 가리고 애교도 부린다. 작은 공을 던지면 쫓아가서 입에 물고 오고 또 던지라고 쫑알댄다. 우리가 말하는 걸 잘 알아듣지 못하면 고개를 양쪽으로 갸웃거리는데 그 모습을 보면서 내 마음속에서 사랑이 퐁퐁 솟는 것을 느꼈다.

남편이 아침마다 공원에 데려가 운동시키는데 만나는 사람마다 귀엽다고 말하며 안아준다고 신바람이 났다. 데리고 나가는 것과, 그냥 나가는 것을 구별해서 목 끈을 준비하고 배설물 담을 비닐을 준비하면 나가는 줄 알고 쪼르르 달려온다. 우리는 갑자기 할 말이 많아졌다. 거의 까뮈에 대한 이야기다. 교회에 갈 때는 집에 두고 가는데 교회까지도 데리고 가고 싶은 마음이 굴뚝같다.

어느새 까뮈는 우리 식구가 되었고 대화의 중심이자 관심의 대상이고 사랑의 원천지가 되었다.

문제는 여행이다. 우리는 여행을 좋아해서 일박 이일 정도의 여행을 자주 했었는데 까뮈가 온 뒤로 일 년여를 못 가다 보니 좀 답답해졌다. 누구에게 맡기는 것도 마음이 안 놓여서 이리 궁리 저리 궁리를 하다가 까뮈를 데리고 여행하기로 했다. 간식이랑 안고 갈 가방이랑 기저귀와 사료를 가득 트렁크에 싣고 차에서는 내가 안고 가기로 했다.

다행히 차멀미를 하지 않아 수월하게 중간중간 차를 세우고 운동도 시키고 참고 있던 소변을 누게 하면서 다니니 재미가 쏠쏠하다. 저녁때가 되니 슬그머니 걱정이 생겼다. 어느 곳이라도 들어가서 자야 하는데 까뮈를 받아 줄지가 걱정이다. 한 곳에 가서 물어보니 강아지는 안 된다고 한다. 차에서 잘 수도 없는 노릇이고 해서 우리는 모험을 하기로 했다. 어깨에 메는 가방에 까뮈를 집어넣고 "조용히 있어야 돼." 하며 숙박 신청을 했다. 꾀 많은 까뮈가 알아들었는지 고개도 안 내밀고 조용히 있어서 무사통과했다. 기특하다고 간식을 주고 "오늘 밤에도 짖으면 안 돼!" 하고 당부하니 영특한 까뮈는 다 알았다는 듯 조용히 잠을 잔다. 신통방통하고 기특하다.

우리는 그렇게 까뮈를 데리고 여행을 몇 번 했다. 한번은 배를 타게 되었는데 까뮈가 궁금한지 가방 속에 있던 고개를 쏙 내민다. 내가 당황해서 머리를 눌러 넣으려고 하는데 옆에 있던 아주머니가 "아유, 귀여워라. 꺼내 봐요. 답답할 텐데…." 해서 가방에서 꺼냈더니 아이들이 몰려든다. 집에 강아지가 있다는 아주머니의 배려에 까뮈는 배에서 잠깐이라도 뛰며 운동을 할 수 있었다.

사람의 인생을 팔십이라고 친다면 강아지들의 수명은 십이 년에서 십오 년이다. 까뮈 나이가 지금 열세 살인데 그 짧은 기간 동안 파란만장한 일이 많았다. 처음에 와서 공원에 갔을 때 돌멩이를 먹어서 수술했고 몸속에 이름과 나이, 보호자 전화번호를 적어 칩으로 만들어 몸속에 집어넣었다. 몇 년 지나서 아이들을 보러 중국에 가야 했을 때는 친구에게 맡기고 두 달을 헤어져 있게 되었다. 그 후에 아이들이 중국에서 와서 우리 집에 함께 살게 되었는데 갓 낳은 아기가 있어서 까뮈는 근심덩어리가 되었다. 지인들에게 키우려는지 물어봐도 싫다고 하고 아무에게나 줄 수도 없고 걱정하는 데 어떤 이가 안락사를 시키라고 한다. 자기도 강아지를 키웠는데 식구들을 자꾸 물어서 안락사를 시켰단다. 나는 깜짝 놀라 그 여인을 쳐다보았다. 어떻게 저런 말을 술술 할 수가 있단 말인가. 나는 식구들에게 까뮈는 다른 집에 주지도 않고 내가 키운다고 선언했다.

지금은 까뮈가 13살이다. 공원에 데려가도 걷지를 않으려고 하고, 이도 빠지고 기침도 한다. 병원비가 너무 비싸서 감당을 못할 정도이다. 일주일 기침약을 지으면 사만 원이다. 몇 달 그렇게 하다 보니 돈이 너무 많이 든다. 생각 끝에 남편이 감기 들었다고 병원에 가서 말하고 기침약을 지어 왔다. 그런 다음 약하게 꿀에 타서 먹이니 잘 먹고 기침도 눈에 띄게 좋아졌다.

신문이나 뉴스에 보면 강아지 학대 사건이 나고, 또 길에다 강아지를 버리고 갔다는 이야기도 나온다. 가슴이 아리다.

또 한편에선 유기견을 데려다가 키운다는 고마운 사람도 많다. 나는 유기견을 데려다 키울 능력도 없고 마음도 넉넉하지 못하다. 그렇지만 우리와 인연이 되어 식구가 되고 기쁨도 주고 행복도 주었던 우리 까뮈를 버리지도 않을 것이고 안락사도 시키지 않을 것이다.

내 품에 안아서 작별 인사를 하며 보내리라. "까뮈야, 네가 있어 많이 행복했다."고 말하며 조용히 가슴에 묻을 것이다.

러블리 로즈

사랑에 빠진 것이 분명하다. 그렇지 않고야 어찌 매일 찾을 수 있을까. 그 앞에 쭈그리고 앉아서 쳐다보고 만져보고 하염없이 미소를 지을 수 있을까. 틀림없이 사랑에 빠진 것이다.

내가 그네들을 처음 본 것은 친구네 집이었다. 코비드 때문에 밖에 나갈 수 없어 집에다가 친구를 많이 데려와 놀고 있다면서 소개해 준단다. 내 손을 잡아끌고 베란다로 나갔는데 거기엔 빨간 옷과 초록 옷, 어떤 애는 노란색 옷을 입고 나를 보더니 활짝 웃는다.

셀 수 없을 만큼 종류가 많아서 명찰을 보아야 이름을 부를 수 있다면서 구부려 보란다. 파랑새, 오팔리나, 릴리시나, 루돌프, 란대리, 파스텔, 홍미인, 라우이, 백봉, 연봉. 이름이 가지가지이듯 생김새도 하나하나 다 틀리고 개성이 있다.

이름 한번 보고 얼굴 한번 쳐다보면서 다육이에게 홀딱 반한 나에게 한번 빠지면 헤어 나올 수가 없을 텐데 하며 몇 아이를 데려가라며 조심스레 박스에 다육이가 담긴 화분을 넣어 내 손에 들려준다. 적심으로 키운 애들과 잎꽂이로 키운 애들이란다.

이렇게 다육을 향한 나의 사랑은 시작되었다. 몇 아이로 만족하지 못하고 자꾸 데려와서 늦게 배운 도적질에 밤새는 줄 모른다는 그 꼴이 되었다. 다육이 사랑하는 법, 오래도록 같이 사는 방법을 유튜브나 다육 선배에게서 배운다. 물은 한 달에 한 번이나 두 번 주어야 하며 공기가 잘 통하는 곳에 두어야 한다. 그러니까 햇볕, 통풍, 물이 필수다. 물은 자주 주면 안 된다고 배웠음에도 애들을 보면 물을 주고 싶어 손이 근질근질하다.

어느새 모아온 친구들이 백이 넘고 이제는 자제할 때가 되었다고 생각할 그때, 만난 것이 러브리 로즈다. 장미 모양을 꼭 빼닮았다. 예쁜 사람 입술처럼 두툼한 게 한잎 두잎 차곡차곡 일곱 혹은 여덟 잎 붙어있다. 목이 길쭉하게 올라오며 가시가 없고 파란 잎이 안 달렸을뿐 얼굴은 똑 장미다.

잎꽂이를 하면 거의 백 퍼센트 성공하여 똑같은 인물을 만들 수 있단다. 나의 빈 화분은 어느새 러블리 로즈 잎꽂이로 가득하다.

옆에 가면 장미향이 느껴진다. 사랑하면 눈에 콩깍지가 씐다더니 러블리 로즈에 홀딱 빠진 나는 그 옆에 가기만 하면 향기로 행복한 마음이 된다.

지인 중에 다육이를 잘 키우는 사람이 둘 있는데 다육생활 삼 년 차란다. A 지인은 다육이를 햇볕에 달구어서 얼굴을 작게 만들고 빨갛게 물들이고 화분도 예쁘고 비싼 것들로 사서 다육이 인물을 더 돋보이게 하고 있다. 종류도 거의 이백 가지나 된다.

B 지인은 창 종류를 많이 키우고 큼직큼직하게 다육이들을 키우고 있는데 그것도 아름답고 신선하다. 예쁜 애들이 보이면 사고 싶어서, 망설이다가도 결국은 데려온다면서 불치병이라고 웃는다.

여름엔 무름병이라는 게 있어 멀쩡하다가도 하루아침에 잎이 무너져 내린다는데, 초보 다육맘으로 처음 여름을 맞는 나로서는 긴장이 될 수밖에 없다.

유튜브에 들어가면 여러 사람이 방을 만들어 키우는 법과 조심해야 할 것을 말해 주는데 그들은 시청자를 다육맘들 이라고 부른다. 그리고 다육이를 "이 아이는…" 하면서 사람처럼 지칭한다. 강아지를 키우면서 엄마라고 우리가 말하듯 다육이도 반려 식물로 우리 애들로 지칭하며, 흙을 밥이라고 하고 화분을 애들 집이라고 말한다.

키우기가 쉬운 것 같은데 의외로 까다롭고 예리한 관찰력이 필요하다. 살펴보다가 잎이 오므라들었으면 물을 줘야 하고, 어제와 다른 색깔을 띠고 있으면 얼른 화분을 뒤집어 줄기나 뿌리가 상했는지를 보아야 한다. 이상을 발견하면 잎을 따서 다른 화분에 잎꽂이하거나 얼굴을 자른다. 이것을 적심이라고 한다. 며칠 마르게 둔 뒤 화분에 심는다. 그것도 매의 눈으로 살펴야 발견하여 살릴 수 있지 자칫 늦게 발견하면 다 보내게 된다.

모든 것은 책임이 수반된다. 사랑하는 만큼 의무와 책임이 뒤따르는데 이쁘다고 사들여 놓고 보살펴 주지 않는다면 강아지를 키우다가 귀찮다고, 병들었다고 내다가 버리는 나쁜 행위와 다를 바 없다.

법정스님은 지인이 보내준 난초를 키우다가 마음이 빼앗기고 타지에 나가면 온통 난초 생각뿐이라 무소유와 해탈 차원에서 난을 버렸다고 한다.

내 생각은 좀 다르다. 반려견이 우리 곁에서 기쁨을 주듯, 반려 식물도 나에게 행복을 주니 백 개쯤 가졌다고 해서 죄스럽거나 마음이 무겁지 않다.

같이 살던 손주들이 분가해서 이사 간 후에 허전한 마음을 다육이들이 위로해주고 기쁘게 해 주고 있으니, 나도 정성을 다하여 보살펴 주고 한 놈도 보내지 않아야겠다고 다짐한다.

이제 제일 긴장된다는 장마철이 시작된다. 습기를 싫어한다는 데 선풍기라도 돌려서 습기를 말려 주어야겠다. 다육맘 4개월 차를 맞는 새내기맘의 사랑을 다육들이 알아주고 잘 커 주기를 바라면서 오늘도 눈뜨자마자 베란다로 나가 다육이들을 찾는다. 안녕 러브리 로즈야 하며 인사도 한다.

"사랑스런 러블리 로즈야 내 곁에서 오래오래 살아줘."

반려견인 까미가 샘을 내며 베란다에 있는 나를 부른다.

"멍멍멍."

이영숙 | 2017년 『문학이후』 등단. 2dream@daum.net

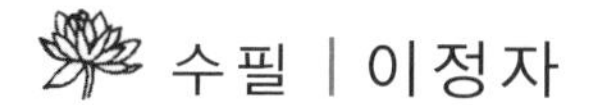

수필 | 이정자

느티나무 외 1편

라일락 향기 그윽한 오월이 지나 꽃잎이 떨어지기 시작하고, 모든 나뭇잎이 풍성해지는 계절 유월이다. 유월은 싱그러운 향기를 풍기는 밤꽃이 필 때다. 이맘때면 자연이 전해주는 계절의 전령사 매미가 느티나무에 찾아와 여름이 왔다고 소리 높여 노래하던 날이 생각난다. 매미는 낮과 밤을 가리지 못한다. 달이 밝은 밤이면 낮으로 착각하는지 잠 못 들게 하던 여름밤이 지금은 추억이 되었다.

마당의 느티나무에서 들려오던 때까치와 딱새 그리고 이름 모를 새들의 지저귀는 소리도 이제 들을 수 없는 옛이야기 속으로 스며들었다. 여름이 시작되면 어디서 나타났는지 그들의 음악 소리에 귀를 막아야 할 지경이다. 더위가 다 지날 때까지 목이 터져라 불러대는 합창 소리, 마당의 느티나무가 그들의 낙원으로 생각하는지 밤낮없이 몰려와서 노래를 불러댄다.

40여 년 전 이사 와서 단풍나무로 알고 손가락 크기의 나무를 심었다. 삼사 년 자란 뒤에 살펴보았더니 느티나무였다. 큰 나무가 된 지금 매미와 새들의 놀이터가 되었다.

어느 날 매미의 날개옷을 보고 칠 일의 생을 끝내고 깊은 잠을 자려고 떠난 줄 알았더니 또 다른 합창단이 등장했으며 더욱 요란스럽게 울어댄다. 매미는 뾰족한 입을 이용해서 나무의 수액을 먹고 산다. 수액만 먹고사는 매미는 허스키한 목소리로 짝을 찾아 애타게 노래한다. 수컷 매미가 소리 높여 우는 것은 암컷에게 보내는 구애의 신호다. 수컷 매미 뱃속에는 진동막과 공명실이 있어서 소리를 내고 소리를 내지 않을 때는 외부 소리를 듣기도 한다. 수컷의 신호음을 듣고 암컷이 찾아온다.

매미의 종류는 여러 가지다. 짝짓기가 끝나면 칠 일의 생을 마감하고 긴 잠 속에 빠져든다. 매미에 따라서 생존하는 시간과 땅속에서 유충으로 잠자는 시간이 각각 다르다. 매미가 남기고 간 날개옷은 느티나무에 붙어서 눈보라 몰아치는 겨울이 지날 때까지 그 자리에 그대로다. 매미의 혼이 빠져나간 얇은 옷은 나무껍질을 꽉 잡고 옷 주인이 올 때까지 언제까지나 기다릴 형상이다.

오랜 세월 묵묵히 우리를 지켜주고 키를 키워온 느티나무다. 여름이면 풍성한 나뭇잎이 보내주는 청량한 바람으로 더위를 모르고 살았다.

아이들이 성장하고 자기 길을 열심히 정진할 때 말없이 손뼉치며 축하해 주었다. 앙상한 가지로 겨울을 보내고 봄이 오면 제일 높은 가지부터 물을 밀어 올려 잎을 피우는 그 힘, 대 자연의 큰 힘을 우리 아이들에게도 나누어 주었으리라 생각한다. 아이들이 꿈을 키울 때 나무도 몸을 불리고 키를 키웠다. 튼튼

하게 자란 나무처럼 아이들도 나름대로 자신이 선택한 길에서 잘살고 있다.

재건축이 시작되어 오래도록 정들었던 느티나무와 보금자리를 떠나게 되었다. 보따리 싸는 것을 눈치챈 모양인지 나뭇잎을 살랑거리며 어디로 가느냐고 궁금한 듯 기웃거린다.

우리는 일 개월 전 나무에게 집을 맡기고 살림집을 옮겨서 지금은 나무들만 집을 지키고 있다. 공사가 시작되면 큰 나무는 옮겨 심어 두었다가 아파트가 준공된 뒤 다시 심는다고 한다. 우리가 입주할 때는 제자리는 아니더라도 어딘가에서 살아 있을 것이라 믿어본다.

지금쯤 매미들이 마당의 느티나무를 찾아와 집주인이 떠난 줄도 모르고 요란스럽게 울어대겠지? 매미 소리가 들리는 것 같다. 아침이면 창밖에서 빨리 일어나라고 합창으로 불러주던 소리가 아쉬움이 되었다. 온갖 새들이 찾아와 재잘 대던 곳, 벌써 옛집에 가고 싶어진다.

유월 중순이면 매미가 울어댈 시기인데 여기선 매미 소리가 아직 들리지 않는다. 두고 온 옛집에서 듣던 매미들의 합창이 그리움이 될 줄은 몰랐다. 지금 사는 집 근처에도 느티나무는 있지만 사십여 년 고락을 함께한 나무와는 또 다른 느낌이다. 다시 찾아가 본 옛집에는 지난 시간 쌓인 이야기가 잘 지냈느냐고 소곤거리며 안부를 물어온다. 내 집이었지만 지금은 마음대로 드나들 수 없는 곳이 되었다.

아파트로 이사 온 지도 어느덧 이 개월이 되어가고 있다. 마당

있는 집과 아파트, 우리의 생활 활동량이 반으로 줄어들었다. 단독 주택이란 비가 오면 배수구를 살펴야 하고 눈이 오면 아침 일찍 집 앞을 쓸어야 했다. 아파트는 눈이나 비가 와도 주위를 살펴주는 분이 따로 있다. 눈만 뜨면 창문을 열고 골목길도 청소하고 이웃끼리 아침 인사도 나누었던 날들이 지나간 시간 속에서 다시 올 수 없는 날이 되었다.

마당에서 뛰어놀고 있는 백구와 정을 나누면서 살았다. 백구는 눈을 껌벅이며 말하는 것을 듣기도 하고 때로는 꼬리를 흔들어 반응을 보여 주었다. 아이들이 올 때면 반갑게 맞이하고 낯선 사람이 올 때면 또 다른 소리로 짖던 영리한 녀석이었다. 백구를 데려간 그분은 사진을 찍어 보내주면서 잘 있으니 걱정하지 말라는 안부를 전해준다. 젊었던 한 시절에 꿈을 키우며 살던 옛집을 생각하며 내게 주어진 여유로운 어느 날 긴 편지를 쓰겠다는 생각을 해 본다.

아파트란 외부에서 볼 때는 답답할 것 같았는데 막상 생활해 보니 불편함보다 편리한 점이 많은 느낌이다.

새장 같은 정해진 공간에서 모든 걸 해결하며 살아가는 것이 잘 될지 의문이다. 주택에 살면서 수세미를 심어서 줄기가 느티나무를 타고 올라가 주렁주렁 열리고 마당에 고추를 심어 따먹던 일, 마당에서 수확한 오이 호박으로 반찬을 만들던 일, 아련히 멀어질 그 날들을 잊을 수 없어 마음속 깊은 곳에 갈무리한다.

우리는 지금 아파트 생활에 적응해 가는 중이다. 지나간 세월 고락을 함께한 느티나무의 고마움을, 여름이면 무성한 잎으로 보내주던 청량한 바람 소리를 오래도록 잊지 못할 것이다.

초원의 향기

봄 향기 가득한 사월의 마지막 날, 구름 한 점 없는 하늘이 기분 좋은 하루의 시작이다. 꽃향기 가득한 봄날, 가슴 떨리고 감성이 살아 있을 때 여행을 떠나라고 했다. 전북 학원 농장으로 출발이다. 끝없이 펼쳐진 보리밭을 상상하며 설레는 마음으로 길을 나선다.

어제 비가 온 탓인지 말끔한 나뭇잎들은 유난히 반짝거린다. 오랜만에 가는 여행이라 다른 곳에서 온 문우들도 청명한 하늘처럼 모두 해맑은 얼굴이다. 구름을 탄 듯 들떠있다. 잡다한 일상에서 벗어나 충전의 하루를 즐기는 것이다. 청보리밭과 선운사의 동백을 찾아 버스는 달리기 시작한다. 창밖의 풍경 하나 하나에 선생님의 해설이 여행의 의미를 더해준다.

버스는 빈자리 없이 꽉 차서 그동안 소원했던 서로의 안부를 나누느라 떠들썩하다. 우리 팀에서는 두 명만 가게 되어 서운한 마음이다. 나는 낯익은 문우들과 간단히 인사하고 자리에 앉았다.

꽃향기 가득한 봄, 창밖은 온갖 꽃들의 잔치가 눈부시게 아름답다. 수학여행 가는 청소년 시절로 돌아간 듯 "우와" 하며 창밖을 보라고 야단법석이다. 푸른 사월 봄의 문턱을 넘어가는 꽃들에게 환호성을 보내며 청보리밭으로 달리고 달린다.

지금은 여행객이 되어 보리밭을 찾아가지만 어려웠던 시대를 살아온 육칠십 대에는 지난날들이 생각나서 착잡한 심정이다. 보리밭이 관광명소가 될 것이라고는 상상 못했다.

보리는 추운 겨울에도 하얀 눈 속에서 파랗게 살아있다. 언 땅이 녹으면 뿌리가 솟아오를까 걱정하며 뿌리와 땅의 밀착을 위해 보리 밟기를 하였다. 동민들이 모두 모여 농요를 불러가며 보리밟기하는 모습은 우리 선조들의 지혜로움이 담겨있다. 땅이 녹기 시작하고 꽃샘바람이 몰아쳐도 뿌리에 찬바람이 들어가지 않고 잘 살기를 기원하며 꼭꼭 밟아준다.

농요란 옛 어른들이 일하며 부르던 노래다. 피로에 지쳤을 때 부르면 마음이 가벼워지고 힘이 생긴다. 보리는 농부들의 정성으로 얼지 않고 싱싱하게 자란다. 옛날에는 배고픔을 견디기 위해 먹었지만, 요즘은 먹으면 에너지원의 역할을 한다고 하며 보리밥집을 찾아간다. 뱃속에 들어가면 유해가스를 만드는 것이 문제다. 해결책이 없을까?

멀어져간 세월 속에 보릿고개란 힘들던 때가 있었다. 쌀은 떨어지고 보리는 갓 피어나 먹지 못할 때 익지도 않은 보리를 베어 죽을 끓여 먹으며 배고픔을 참고 허리띠를 졸라매며 살았다. 지금 아이들은 이해하지 못할 것이다.

보리라는 말에는 육십 년 전의 많은 애환이 서려 있기도 하지만 뒤를 돌아보게 하는 재미난 일도 있다. 보릿대를 이용해서 보리피리를 만들어 불던 일도 있다. 생김은 보리지만 새까만 깜부기란 것으로 수염을 그리고 깔깔대던 순진무구하던 그때가 나이테 속에 한 자리를 차지하고 있다.

텔레비전에서 궁핍한 생활을 하는 나라를 볼 때 우리 역사 속에도 지금의 그들과 같은 비참하고 굶주린 날들이 있었다. 보릿고개란 힘든 날들을 후손에게 물려주지 않으려고 부모들이 얼마나 많이 노력했는지 요즘 아이들은 모른다.

어려운 시대를 살아온 부모들은 후손에게 부족함 없는 삶을 누리게 해 주려고 고생도 마다하지 않고 살았다. 지금 아이들은 보릿고개란 무슨 뜻인지 고개를 갸우뚱할 뿐, 시대 아픔을 모르고 귀한 것이 무엇인지 모른다. 풍요로운 세상에서 자란 아이들 마음도 넓은 들판의 수많은 보리 이삭처럼 모두 잘 어울리는 세상을 만들어 주길 기대해 본다.

60여 년 전 우리 나라는 혼란의 시기였고 부족한 것이 많아 이웃 나라의 도움을 받았다. 새마을 운동과 국민의 협동심으로 눈부신 발전을 하게 되었다. 모두 어떻게 살아냈을까? 그 어렵고 힘든 세월을 견디다니 참으로 신기하고 대단한 우리 민족이다. 보릿고개란 말이 사라지고 선진국 대열에서 앞서가고 있다. 나라의 위상을 높여준 분들에게 감사함을 잊지 말아야 한다.

상상의 날개를 펼치는 동안 청보리밭에 도착했다. 넓은 들판은 온통 싱그러운 보리 향으로 가득하다. 보리가 빨리 영글기를 학수고대하던 날들이 생각난다. 지나온 고난의 시대를 돌아보며 보리 향에 취해 본다.

넓은 보리밭은 연인들의 사랑과 가족들의 따스함이 푸른 물결 위를 흐르듯 멀리 바람에 실려서 이랑 사이를 수런거린다. 여행객의 옷차림이 꽃이 되고 나비가 되어 초원은 푸른 향기로 가득하다. 청보리의 풋풋한 향기가 잔잔한 물결이 되어 부드럽게 흔들린다.

문득 윤용하의 곡 "보리밭 사잇길로 걸어가면" 하는 노랫소리가 은은하게 바람 따라 흩어진다. 어려운 시대에 남겨진 명시이며 가슴 가득 스미는 잊히지 않는 많은 사람의 애창곡이다. "돌아보면 아무도 보이지 않고" 들리듯 말듯 한 노랫소리를 뒤로하고 선운사로 향했다. 초원의 푸른 향에 취한 하루였으며 여행이란 미지의 세계를 찾아가는 것이기에 언제나 즐거움을 선물한다. 라일락 향기 가득한 오월을 기대하며 추억의 한 페이지를 마무리한다.

이정자 | 2019년 『문학이후』 등단. jaa1234567@daum.net

눈 맞춤 외 1편

사랑은 어디에서 시작되는 것일까?

서로의 눈빛과 눈빛이 마주쳐야 사랑이 시작되지 않을까. 혼자만 상대방을 바라보고 상대방이 바라봐 주지 않는다면 짝사랑으로 끝나겠지. 눈 맞춤을 하면 서로의 눈동자 속에 자신이 들어간다. 이를 불가에서는 '눈부처'라고 한다. 연인들이 서로의 눈동자 속에서 자신의 모습을 보며 실감 나게 그린 노래가 있다.

가수 조용필의 '돌아오지 않는 강'의 가사를 보면 '당신의 눈 속에 내가 있고, 내 눈 속에 당신이 있을 때, 우리 서로가 행복했노라' 하며 '사랑'을 노래했다.

만약 눈이 보이지 않는 사람이 사랑에 빠진다면 상대방의 음성이나 사랑의 느낌이 전달되었으리라. 눈 맞춤은 영혼과 영혼의 교류가 아닐까. 눈은 다른 사람의 영혼을 바라보는 창문이니까. 하지만 바쁜 현대인들은 부모 자식과 서로 눈 맞춤하며 대화하는 시간이 적다. 자녀들은 식사하면서 사람이 아닌 휴대전화와 눈 맞춤을 한다.

책을 읽는 사람은 독서를 통해 작가의 영혼과 눈 맞춤한다. 좋은 책을 읽으면 영혼을 살찌우는 양식이 된다. 요즘 읽는 책은 서은국이 쓴 '행복의 기원'이라는 책이다. 한국인은 언제 행복을 느낄까. 사랑하는 사람과 대화하면서 함께 밥을 먹을 때 행복을 느낀다는 것이다. 행복이 멀리 있지 않고 가까운 곳에 있다는 것을 다시 한번 일깨우는 책이다. 요즘 사람들은 아는 사람을 만나면 '언제 우리 밥 한번 먹자' 하며 말을 한다. 이러한 표현이 인사치레로 하는 말이지만 당신과 밥을 먹으며 행복한 시간을 갖고 싶다는 표현이다.

코로나는 우리의 작은 행복을 빼앗아 갔다. 이제 다시 만남이 시작되었고 우리는 행복을 찾아 친구를 만나고 봄꽃 여행도 떠난다. 국내는 제주도로 해외는 미국으로 가장 많이 여행 떠난단다. 어떤 이는 '코로나 복수 여행'이라는 과격한 말도 한다.

나쁜 책은 영혼을 오염시켜 나락으로 빠지게 한다. 고전을 읽으라 강조하는 것은 작가의 사상으로부터 좋은 영향을 받으라는 것이다. 젊은 시절 공자의 가르침은 지금까지 내게 영향을 주고 있다. 논어의 '학이편'에 나오는 '배우고 때때로 익히면 이 또한 기쁘지 아니한가', '배우기를 힘쓰고 게을리하지 말라'는 대목이다.

TV나 유튜브를 통해 영화나 어떤 소식을 접할 때 우리의 영혼은 미디어에 눈을 맞추게 된다. 본다는 것은 자신도 모르게 각인되고 강화된다.

아름다운 것을 보면 우리의 영혼은 기쁨으로 미소 짓는다. 새봄이 오면 개나리, 목련, 벚꽃만 바라봐도 행복 호르몬이 나온다. 아름답지 않은 것은 우리의 기쁨을 빼앗아 간다. 막장 드라마나 나쁜 뉴스가 그렇다.

눈 오는 날 함박눈을 바라보면 사람들은 어린아이처럼 기쁨의 환호성을 지른다. 내리는 눈에 눈 맞춤했기 때문이다. 날마다 보는 풍경이 아닌 신비로운 세상이 펼쳐졌으니 말이다. 그래서일까 첫눈이 오면 연인들은 약속 잡기에 바쁘다. 눈 오는 날의 데이트는 낭만적이다. 눈이 내리면 서먹했던 연인들도 만남을 약속한다. 눈이 다시 사랑을 시작하게 해 주는 것이다.

갓난아기는 엄마 품에 안겨 엄마와 눈 맞춤하며 편안함을 느끼며 사랑의 젖을 먹는다. 우리의 눈 맞춤 시작은 엄마 젖을 먹으면서다. 어린아이의 맑고 티 없는 눈을 보면 세상에 오염된 영혼이 깨끗해짐을 느낄 수 있다.

며칠 전, 멀리 미국에서 아들이 보내온 손주의 동영상을 보고 또 본다. 손주의 맑은 눈빛과 천진난만한 웃음소리는 밋밋하게 사는 요즈음 삶의 활력소가 되고 있다.

이른 아침 산책길에 자목련이 눈짓한다. 수줍게 피어 나는 자목련 꽃봉오리에 눈을 맞춘다. 새봄맞이 하러 가는 여인들 입술에 바르는 립스틱 같다. 옆에 있는 베이지색 백목련이 파스텔이 되어 봄을 근사하게 그려줄 것만 같다.

별이와 오카리나 연주회

별이 배가 불룩하다. 며칠 동안 설사를 해서 사료도 거의 주지 않았다. 걱정 가득한 마음으로 반려견 별이를 데리고 근처 동물병원으로 달려갔다. 의사는 엑스레이를 찍어 보자 했다. 별이의 자궁에 염증이 많이 보이며 상태가 심각하단다. 의사는 동물종합병원을 추천해 주었다. 그곳에서 CT를 찍었다. 결과는 급성 세균감염이란다. 별이 자궁 안에 염증이 가득해 풍선처럼 크게 부풀어 올라 당장 수술하지 않으면 터질 수도 있단다. 수술하는 강아지를 뒤로 미루고 바로 수술에 들어갔다.

별이의 아픔도 모른 채 며칠을 지낸 시간이 미안했다. 별이는 아프다고 낑낑대지도 않고 그저 조용히 지내기에 시간이 지나면 낫겠지 하는 안일한 생각을 했다. 별이를 병원에 두고 집에 돌아왔다. 텅 빈 집안을 보니 별이 생각에 눈물이 쏟아졌다. 마치 별이와 영원한 이별을 한 것만 같았다.

"별이야, 별이야!"

별이를 불러 본다. 별이가 보고 싶다. 그날 오후 여섯 시, 별이가 수술실에 들어간다고 동물병원에서 문자가 왔다.

별이는 9년 전, 남편이 목포에서 잠시 근무할 때 숙소 근처 애견가게에서 데려왔다. 검정 미니핀으로 애견가게 유리 상자 안에서 입양되기를 기다리고 있었다. 흰색 털을 가진 친구들은 다 입양되었는데 별이만 외로운 시간을 보내고 있었다. 3개월이 지나도 입양되지 않았다. 처음 본 별이의 다리는 막대기처럼 말라 있었다. 강아지가 크면 잘 팔리지 않는다고 사료를 적게 주었단다.

검정 별이는 우리에게 가족이 되었다. 별이는 내 삶의 비타민 같은 존재다. 날마다 내게 얼굴을 비비며 애정 표현도 잘한다.

며칠 전, 친구에게서 문자가 왔다. 일요일 오후 1시에 혜화동에서 오카리나 연주회가 있으니 초청한다는 것이다. 안양에서는 거리가 있는 편이었지만 남편과 같이 가기로 했다. 별이의 수술한 다음 날이 친구의 오카리나 연주회 날이었다. 수술한 별이 생각에 연주회 가는 일이 마음 편치 않았다.

별이의 면회 시간을 늦은 오후로 미루고 오랜만에 소식 전해온 친구의 음악회를 보기 위해 일찍 출발했다. 차가 출발하자마자 병원에서 별이 사진과 함께 문자가 날아왔다. 별이 수술은 무사히 잘 끝났지만 별이가 아침에 사료를 먹지 않았다고 한다. 친절한 병원의 문자가 음악회 가는 내내 별이 생각에 마음이 무거웠다.

오랜만에 가는 서울 길은 복잡하고 어지러웠다. 그나마 한강을 지날 때는 넓게 펼쳐진 강 풍경이 눈을 시원하게 해 주었다. 혜화동에 도착했다. 주차장 앞 골목길 가로수가 포도나무다.

여린 포도송이가 싱그럽게 열려있다. 가수 이용이 종로에는 사과나무를 심어보자고 노래했는데 혜화동에 포도나무를 누군가 가로수로 심어 놓다니 발상이 기발하다.

포도나무를 바라보며 걸으니 주차장에서 공연장까지는 꽤 멀었다. 머리 위에 내리쬐는 여름날의 태양은 온몸을 태울 것만 같았다. 마치 뜨거운 사막을 걷는 순례자가 된 기분이 들었다. 상큼한 가을바람이 살랑거리는 가을이었으면 좋겠다고 하며 부지런히 걸었다.

우리는 공연 시작 5분 전에 도착했다. 연주회장은 생각보다 작았다. 친구의 배려로 우리는 앞자리에 앉았다. 플루트를 전공한 첫 출연자는 '엘 빔보'를 현란하게 연주해 관객들을 사로잡았다. 친구팀 동아리의 연주가 시작되었다. 친구팀은 초보팀으로 '당신은 소중한 사람' 등 네 곡을 연주했다.

다음 연주자는 드라마 주제곡인 '사랑 찾아 인생 찾아'를 경쾌하게 연주했다. 멜로디언 반주가 매력적이었고 오카리나로 연주하기에 잘 맞는 곡이었다. 연주가 계속되는 동안 내 머릿속은 온통 별이 생각뿐이었다. 오카리나 연주를 들으며 별이를 위해 기도했다.

관객의 대부분은 마당발인 친구의 지인들로 가득했다. 연주 중간에 관객들에게 행운권 추첨하는 기회도 주었다. 다들 설레는 마음으로 자신의 번호가 불리기를 기대했다. 어떤 이는 운이 좋게도 후원하는 업체에서 주는 고가의 도자기 오카리나가 당첨되었다. 관객들은 부러운 시선으로 바라보고 박수로 축하해 주었다. 우리에게도 작은 행운이 왔다. 한 달간 이용할 수 있는 악기 교육권 2장을 받은 것이다.

집으로 돌아와 예약된 저녁 시간에 맞춰 별이를 보러 갔다. 수술한 별이는 얼굴이 반쪽이 되었지만 편안해 보였다. 다행히 저녁에 사료를 먹었단다. 별이는 병원에 며칠 입원했다. 집으로 돌아와 별이를 바닥에 내려놓으니 처음에는 비틀거려 걱정되었으나 잘 적응하고 회복되어 가는 중이다.

7월 중순인 요즘 뜨거운 태양과 쏟아지는 폭우가 반복되고 있다. 여름날의 무료한 삶 속에서 오카리나 연주회를 다녀온 후, 그동안 잊고 있었던 오카리나와 팬플루트를 꺼내 불어 본다. 예전에 팬플루트 연주회 때 불었던 곡이다.

'사랑은 언제나 오래 참고.'

부드러운 멜로디와 가사에 따스함이 밀려온다.

임승희 | 2022년 『문학이후』 등단. lsh0937@daum.net

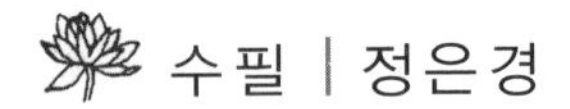

세차해야 비가 오지 외 1편

봄 가뭄이다. 농작물은 타들어 가고 농부의 마음은 버석거린다. 작은 텃밭을 일구는 부모님 마음도 바짝바짝 마른다. 밭에 들깨를 심었는데 아무리 기다려도 싹이 돋아날 기색을 보이지 않는다. 감자 모종도 마찬가지다. 가느다란 가지는 날아갈 것처럼 여리다.

하늘 쳐다보다가 눈 빠지게 생겼다. 속담에 구름이 자주 끼면 비 온다고 하지 않았나. 양떼 같은 구름이 저 멀리 떼 지어 몰려오면 귀한 손님 기다리듯 목을 뺀다. 그런데 어째 오는가 싶으면 슬그머니 비켜버리니 무슨 조화인가.

시들시들 말라가는 농작물이 안타깝다. 주룩주룩 내리는 비 한줄기가 간절하다. 일기 예보에서는 주중에 비가 내린다고 하지만 부모님은 영 불안하다. 지난주에도 그 전주에도 비 예보가 있었지만 안 왔다. 이상하게 월피동은 비가 늘 비켜서 가는 느낌이다. 하긴 바람 세기는 백 리마다 달라도 비 오는 것은 십 리마다 다르다고 하지 않는가. 가까운 거리도 비 양은 다르다.

부모님이 이토록 애태우는데 모른 체 할 수 없다. 결국 남편과 내가 물 공급에 나서기로 했다. 안산천에서 물을 떠 손수레에 싣고 밭에 물을 뿌리는 원시적인 방법을 쓰기로 한 것이다. 흔들리면 물이 넘칠 수 있으니 집에 있는 뚜껑 있는 통을 모조리 동원했다. 말통, 김치통, 생수통을 바리바리 챙겼다.

안산천 옆에 손수레를 놓고 물통을 들고 둑 아래로 내려간다. 얼룩덜룩한 몸빼를 치켜올리며 남편이 앞장선다. 미끄러지지 않게 살금살금 내려가니 졸졸 물 흐르는 소리가 환영 인사처럼 시원하다. 하천이 마르지 않아 다행이다. 통을 열고 넘치게 물을 떠서 되짚어 올라온다.

물 몇 통 수레에 싣고 밭두렁을 걸어가는데 물이 반가운 부모님이 서둘러 물뿌리개를 들고 마중 나온다. 하천에 몇 번 왔다 갔다 하는 사이 부모님은 감자며 상추, 쑥갓, 고추, 오이 모종마다 듬뿍듬뿍 물을 먹인다. 햇볕은 뜨겁고 땀은 줄줄 흘러내린다. 낑낑거리며 수레를 끌고 가는데 근처 비닐하우스에서 아주머니가 불러세운다. 지하수 물을 나눠줄 테니 고생하지 말라는 얘기다. 괜찮다고 해도 잡아끈다. 덕분에 중간부터는 일이 쉬워졌다.

귀찮아도 일을 벌여야 길이 생긴다. 아무것도 안 하면 아무것도 없다. 시작이 반이라고 하지 않는가. 떨치고 나서기는 어려워도 일단 시작하고 나면 짐작하지 못한 새길이 생기기도 한다. 반 토막짜리 일이라도 시작하는 게 낫다.

사실 나는 확실하지 않은 일 벌이는 것을 꺼리는 편이다. 그러다 보니 '누구누구 돕기 마라톤 대회' 같은 행사를 도무지 이해 못했다. 누군가를 돕고 싶으면 기부하거나, 실질적인 도움을 줄 수 있는 길을 찾는 게 낫다고 여겼다. 행사 벌이는 비용이 아깝기도 했다. 선한 일은 남이 모르게 해야 한다고 배운 영향도 있다. 그런데 물을 달라고 한 것도 아닌데 물 뜨러 나서니 물 주는 사람을 만났다. 마라톤 대회도 마찬가지일 것이다. 누군가를 위해 긴 거리를 달리는 레이서들을 보며 돕고 싶은 마음이 드는 이가 있지 않겠는가. 혼자 돕는 것보다는 여러 사람의 마음을 모으는 편이 낫다.

부모님은 딸과 사위, 이웃의 도움을 얻어 밭에 물을 가득 댔다. 그런데 다음 날 아침, 천둥이 쾅쾅 치더니 소나기가 쏟아졌다. 몇 통 부은 물에 비할 수 없이 많은 비가 내렸다. 땀 흘린 게 괜한 고생이었나 싶었다.

머피의 법칙이라는 노래가 유행한 적 있다. 목욕탕에 가면 하필 정기휴일이고, 꼬질꼬질한 모습을 남에게 들키고 만다. 하려는 일은 원하지 않는 방향으로 꼬인다. 운이 없어서일까? 세차하고 나면 꼭 비가 오고 마트에서 줄을 서면 내가 선 줄만 느리게 느껴진다. 그런데 생각해 보면 확률상 느릴 수밖에 없다. 열 개의 줄이 있고, 그중 내가 한 줄 뒤에 가서 선다면 내 줄이 빠른 확률은 십분의 일이지만 다른 줄은 십분의 구나 된다.

땀 흘리며 물을 날랐는데 비가 내려 손해 본 것 같지만 그렇지 않다. 하루 동안 작물이 더 자랐을 것이고, 부모님은 마음 편한 날을 보냈다. 비보다 부모님 속 태우는 게 안타까워 벌인

일이다. 게다가 한 바가지로 시작한 물이 여러 통으로 늘지 않았던가. 펌프에서 물을 끌어 올리려고 해도 마중물이 있어야 한다. 물 한 바가지 넣고 몇 번 펌프질하면 지하수에서 물이 콸콸 쏟아진다.

머피의 법칙을 이기는 것은 부지런함일 것이다. 급하지 않아도 중요한 일을 미리미리 준비하면 일이 닥쳤을 때 허덕거리지 않는다.

세차했는데 비온다고 투덜거리기보다는, 비 오든 말든 세차를 하는 게 낫다. 준비해두었다가 들이붓는 마중물이 필요하다. 마중물 뒤에 이웃의 도움도, 하늘에서 내리는 비도 따라온다. 세차를 해야 비가 오지 않겠는가.

잘못 찾아온 손님

처음은 실수라고 하자. 잘못 보거나 착각할 때 있지 않은가. 모르는 사람한테 인사할 때도 있고, 엉뚱한 버스를 탈 때도 있다. 길을 잘못 보고 가다가 구덩이에 빠질 때도 있다.

비가 내릴 듯 말 듯 흐린 날이었다. 미세 먼지도 꽤 있었을 것이다. 반소매를 입어도 더워서 이마의 땀을 훔쳤다. 베란다 창문을 활짝 열고 현관문도 열어젖혔다. 바람이 들어왔다 나갔다 해주면 좋은데, 그저 조용한 오후였다.

기다리는 비는 안 오고, 바람도 들르지 않았는데 엉뚱한 손님이 찾아왔다. 베란다에서 탁탁거리는 이상한 소리가 들렸다. 처음에는 옆집이나 아랫집에서 이불을 터는 소리라고 생각했다. 베란다 창문에 이불을 걸치고 퍽퍽 터는 소리와 비슷했다. 그런데 소리가 좀처럼 끝나지 않았다. 대개 서너 번 탁탁거리다 보면 조용해지기 마련이다. 그런데 소리는 줄어들지 않고 다양해졌다. 타다닥, 턱턱, 푸드덕, 콕콕. 분명히 살아있는 생물의 소리다. 십삼 층까지 쥐가 올라올 리는 없을 텐데 이상하다.

조심조심 걸어가 일단 베란다와 거실 사이에 있는 통창을 닫았다. 집안을 보호하는 게 우선이다. 그다음 목을 쭉 빼고 베란다를 살폈다. 그때 우리는 눈이 마주쳤다. 고개를 갸웃거리며 나를 쳐다보는 까만 눈동자. 통통한 회색 비둘기다. 그는 목에 반짝이는 청색 깃털을 두르고 새까만 꼬리를 가졌다. 연미복을 차려입은 것처럼 말끔하다.

눈이 마주치자 나를 조용히 쳐다보다가 베란다를 총총 걸어다닌다. 그러다 풀쩍 뛰어 로즈메리 화분 위에 올라앉는다. 쪼아 먹으려나 했더니 몸을 솟구쳐 오른다. 그런데 창문에 몸을 콩 부딪치고 화분으로 다시 떨어진다. 그랬다. 그는 열린 창문으로 들어왔지만 나가는 길을 모르는 것이다. 제라늄, 기린초, 사랑초에 혹해 베란다로 들어왔나 본데, 돌아 나가기는 어렵다. 푸드덕 뛰어올라 창문에 몸을 부딪친 후 툭 떨어지는 행동을 반복한다.

사람도 잘못된 길로 들어서 길을 잃곤 한다. 유혹에 넘어갈 때가 있고, 그저 실수로 넘어지기도 하고, 사기당할 때도 있다. 처음부터 실패하거나 속을 줄 알면 누가 그 길을 가겠는가. 꽃처럼 화려하고 향기로운 말에 혹했다는 사실을 알아챘을 때는 이미 늦다. 탈출구 찾는 것은 어렵다.

비둘기는 반 시간 가까이 걷다가 뛰어오르는 것을 반복한다. 답답한 내가 거실 창문 안에서 손에 땀을 쥔다. 밖으로 못 나갈까 봐 마음 졸인다. 이쪽으로 가라느니 저쪽을 보라느니 소리 지르며 응원한다.

파리는 낯선 공간에 갇혀도 쉽게 도망간다고 한다. 아래위 살피지 않고 무조건 사방 부딪치며 날아다니는 바람에 우연히 입구를 찾아 쌩 나간다. 벌이나 비둘기 같이 똑똑한 녀석은 위로만 올라가기 때문에 오히려 입구를 못 찾는다. 우리 집 베란다 손님은 똑똑한데다 신중하기까지 하여 좀처럼 못 나간다.

그러다 드디어 비둘기가 열린 창문 아래에서 몸을 띄운다. 눈 깜짝할 새 비둘기는 자유를 얻는다. 파란 하늘로 날개를 쭉 펴고 날아간다. 나는 거실 창문 안에서 자유로운 비둘기를 응원한다. 다시는 오지 말라고 외친다. 그런데 나의 응원은 빗나갔다.

다음 날 아침 비둘기는 다시 우리 집 베란다에 찾아왔다. 목에 비단같이 반짝거리는 초록색 깃털을 두른 그다. 혼자 온 것도 아니다. 아내가 분명한 비둘기 한 마리를 대동하고 나타났다. 유유상종이라고 그의 아내도 회색 몸집에 목에 초록색 깃털을 둘렀다. 좀 날씬한 것만 다르다.

아내는 창틀에 앉았고 혼자 베란다로 내려와 유유자적 걸어 다닌다. 자기 집을 보여 주는 것처럼 여유롭다. 내가 놀라서 쳐다보자 눈을 맞추고 고개를 갸웃거린다.

두 번이나 찾아왔는데 물이라도 대접해야 하나? 어쩐지 반가운 마음이 들어서 쳐다보는데 비둘기는 훌쩍 몸을 솟구쳐 오르더니 단박에 밖으로 나간다. 열린 창문을 알아낸 것이다. 과거 전서구를 통해 편지를 주고받았다고 하더니 과연 가능하리라는 생각이 든다. 그래도 비둘기가 자꾸 들어오면 안 된다. 바람이 드나들 만큼 한 뼘만 남기고 창문을 닫았다.

다음날 비둘기가 또 찾아왔다. 한 뼘밖에 안 되는 틈으로 몸을 비집고 들어와 베란다에 내려앉는다. 유혹이 이렇게 무섭다. 우리 집 베란다의 무엇이 비둘기를 유혹했을까. 내가 창문을 닫아버리면 비둘기는 영원히 밖으로 못 나갈 것이다. 실수였다고 변명해도 소용없다. 처음은 실수였지만 두 번째는 조심스럽게 안전을 확인했을 것이고, 세 번째는 책임이 따른다. 괜찮을 줄 알았냐? 노려보는 내 눈빛에도 비둘기는 여유롭다. 전셋집 보러온 손님이 따로 없다. 베란다 어디 방을 잡을까 구석구석 살피고는 좁은 창문 틈 사이로 유유히 날아간다.

인터넷을 검색했더니 아파트 베란다에 비둘기 들어오는 일이 꽤 있다고 한다. 안전하다고 여기면 알을 낳기도 한단다. 비둘기를 위해 물과 쌀 알갱이를 주며 알이 부화해 날아갈 때까지 보호했다는 사람도 있다. 그렇지만 대부분은 알을 낳기 전에 못 오게 막아야 한다는 이야기다.

베란다에 알을 낳으면 비둘기 똥으로 더러워지는 것도 문제지만 이웃집에도 피해가 갈 것이다. 답답해도 창문을 꼭 닫았다. 아니나 다를까, 다음 날 새벽부터 찾아와 창문을 톡톡 건들기 시작한다. 그런다고 열어줄 리 없다. 몇 번 두드리더니 비둘기는 훌쩍 날아간다. 야박하다고 생각해도 이게 낫다.

공원에서 비둘기 무리를 보면 똥 때문에 피하고는 했다. 그런데 우리 집에 찾아온 손님을 떠나보내고 나니 아쉬운 마음이 든다. 눈을 맞추고 탈출을 응원하며 잠깐이나마 시간을 함께 보내지 않았나. 감당할 수 없어 내친 뒤가 설익은 감은 베어 문 듯 떫다.

그 후 비둘기는 다시 찾아오지 않았다. 알을 낳고 키울 다른 곳을 찾고 있을 것이다. 안전하고 쾌적한 곳을 찾기를 응원한다. 사람 손 타지 않는 자연 속에 집을 짓기를, 사람을 의지하지 않고도 능히 살아내기를 바란다. 찾아온 손님을 외면하고 창문을 닫아버린 집주인은 양심에 찔려서 외친다.

"길 잘 보고 다녀."

정은경 | 2017년 『문학이후』 등단. 수필집 『따로 같이 가기』
sweg11@naver.com

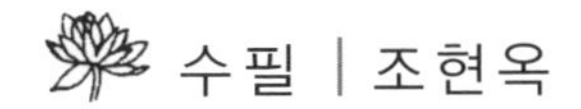

수필 | 조현옥

향기롭고 견고한 측백나무 같은 친구 외 1편

교문 안쪽으로 나란히 줄을 선 측백나무에 민트색 별사탕이 달렸습니다. 납작납작 눌러 놓은 듯한 측백나무의 연녹색 잎을 보면 상쾌한 느낌이 들며 더위에 지친 마음에 위로가 됩니다.

그 싱그런 잎 위에 꼭꼭 매달린 측백나무 열매는 여름날의 선물 같습니다. 왜냐하면 어렸을 때 먹던 과자 사이에 가끔 들어있는 별사탕이 떠오르기 때문입니다. 고소한 과자를 먹다가 별 사탕이 나오면 그 달달한 맛에 행운을 잡은 기분이 들었습니다. 아이스크림이나 마카롱도 민트 맛을 좋아하는 저에게 민트색 열매를 보면 측백나무 못지않게 싱그러운 느낌과 친근한 생각이 듭니다. 어찌 보면 나무가 별 모양 머리핀을 꽂은 것처럼 귀엽게도 보입니다.

걷고 있는 동안 태양열에 데워진 보도에서 신발이 구워질 것 같은 날에도 거리 곳곳에서 더위를 잊게 하는 측백나무처럼 그런 친구가 있습니다.

그 친구는 건축물의 골조를 생산하는 회사에 다니는 친구라서 때로는 영업을 위해, 때로는 건설 현장을 살피기 위해 우리

나라 전국을 다닙니다. 여러 장소를 다니며 만나는 사람이나 특별한 장소의 사진을 친구들 대화방에 종종 올리는데 그와 함께 사진을 찍는 사람들은 유명 예술가나 운동선수일 때도 있습니다.

주말이면 의미 있는 유적지 방문이나 등산 소식을 전하고, 군산에 계신 어머님도 자주 찾아뵈며, 고향 사진을 올리기도 합니다.

때로는 텃밭에서 푸르게 자라는 채소들의 사진으로 대화방에 싱싱하게 자라는 녹색 생명의 소식을 전하기도 합니다.

신라 시대 의상대사가 창건한 의정부 회룡사의 풍경과 그윽한 경치 사진도 종종 올리며 시간 나는 대로 그곳에서 마음 수양도 하는 것 같습니다.

한 사람의 활동 범위가 이렇게 넓을 수 있을까 싶은데 근래에는 축구심판 자격증을 따서 축구경기장에 선 모습도 종종 봅니다. 올해 대학에 들어간 아들과 함께 경기장에 있는 모습은 정말 뿌듯해 보입니다.

이렇게 부지런하고 활기차게 사는 그의 모습은 친구들에게 활기를 주며 새롭게 도전하는 삶의 모범을 보여 줍니다.

처음 그 친구를 모임에서 만난 날이었습니다. 서로들 두런두런 이야기하느라 소란한 분위기에서 대표가 할 말이 있어 일어섰는데 말소리가 들리지 않았습니다. 그때 '박수 세 번'을 군산 사투리로 외치는 친구가 있었습니다. 큰 목소리에 말투가 재미있어 성격이 활발한 친구인가 보다 했습니다.

그 뒤에 보니 친구는 모임에 올 때마다 항상 친구들을 위한 책이나, 복권 등 작은 선물을 준비해 왔습니다. 선물의 개수가 적을 때는 뽑기까지 준비해 오고 '꽝'을 뽑은 친구를 위한 위로의 말까지 준비하는 유머도 있었습니다.

제가 수필 작가로 등단하고 '아버지의 두 바퀴 인생'이란 글이 수록된 책을 주었더니, 감동이 진하다며 친구들 대화방에 글의 일부를 올려주었습니다.

그 후 작가는 다양한 글을 읽어야 한다며 제게 그의 시인 친구 시집을 주기도 하고 자신이 보는 신문의 칼럼을 자주 보내주었습니다.

늦은 나이에 학교 근무를 시작하고는 일상에 지쳐 거의 독서를 하지 못했는데, 친구가 보내주는 짤막한 칼럼은 바빠도 읽게 되었습니다.

그때까지 주로 원고지 15~20매 정도의 중 수필만 쓰던 제가 그 글을 읽으며 5~6매의 단 수필 형식을 배우게 되었습니다. 그 얼마 뒤 친구는 저의 글을 지인에게 소개하였고, 신문사 측에서도 제 글이 마음에 든다고 하여 지면에 발표하게 되었습니다.

그뿐만 아니라 친구는 일 년에 시 세 편을 꾸준히 외우기도 하고, 1년 동안 논어에 나오는 문구를 꾸준히 붓글씨를 쓰기도 하더군요. 작가보다 열심히 읽고 한문 전공자보다 열심히 한문을 읽고 썼습니다.

꾸준히 시원스럽게 쓰던 글씨가 시간이 지나니 그 나름의 개성 있는 서체가 되더군요. 그의 서예는 그냥 개인의 취미로 그치는 것이 아니라, 개업하는 친구나 생일인 친구에게 축하의 글이 되기도 하였습니다.

한 사무실로 출근하여 그곳에서 퇴근하는 것이 아니라, 동분서주하는 삶에서 그의 꾸준함은 참으로 배울만하다는 생각이 듭니다.

작가로서나 교사로서 끝없이 자기 계발하며 배움의 자세를 가져야 하는 저에게 늘 새로운 자극이 되는 친구입니다.

더욱 놀라운 일은 그 친구가 아들 둘에게 10년 동안 매일 편지를 썼다는 사실입니다. 그 말을 듣고 놀라 어떻게 그렇게 했느냐고 물었습니다.

한때 가정경제가 어려워 공부하고 싶어 하는 아들을 학원에 보내지 못한 적이 있어서 미안한 마음에 쓰기 시작한 것이 10년이 되었다고 하네요.

요즘 세상에 공부하려는 아들을 물질적으로 지원하지 못해 안타까웠던 아버지의 마음이 짐작은 갑니다. 그런 상황인 아버지도 많이 있겠지요. 그렇다고 자녀에게 10년이나 편지를 쓰는 아버지는 또 있을까 싶습니다.

자식은 부모의 말만 듣고 배우는 것이 아니라 삶을 보고 자라는 것이지요. 성실한 삶을 사는 친구의 모습이 자녀들에게 좋은 본보기인데다, 그 아버지의 마음을 읽은 아들들은 스스로 공부하며 잘 자랐습니다.

친구의 둘째 아들은 한때 재미있고 특이한 학교 행사로 꽤

많은 조회수를 올린 동영상의 주인공이었는데 공부도 열심히 하여 자신이 원하는 대학에 진학했습니다.

그 아들이 축구심판이 된 아버지와 경기장에 함께 서기도 하니 아버지를 잘 따르는 듯합니다.

친구가 아들에게 쓴 편지를 읽어보지는 못했지만, 다산 선생이 유배지에서 아들들에게 쓴 편지처럼 그 안에 담긴 자식 사랑하는 마음과 가르침은 귀할 것으로 짐작됩니다.

바쁜 일상에서 책 읽기에도 열심인 친구가 아들에게 쓴 편지는 이 세상의 아버지와 아들이 함께 읽는 책이 될 수도 있을 것으로 생각됩니다.

몇 년 전에는 이 친구가 모임 친구 한 십여 명에게 호를 지어주었습니다. 친구들의 특징을 생각해 그에 어울리는 한자를 골라 호를 지었습니다. 제가 매주 산에 갈 때여서 저에게는 '산을 만난다'는 의미의 우산遇山이라는 호를 지어 주었습니다.

한글로는 우산雨傘과 소리가 같으니 사람들 마음에 우산 같은 글을 써 주라고 하더군요.

그 친구의 호는 송곡松谷입니다. 소나무처럼 푸르고 활기차면서도 주변 사람들에게 따뜻한 마음 씀이 있는 친구와 소나무향이 있는 골짜기라는 호는 잘 어울립니다.

하지만 제게는 키가 크고 올려봐야 하는 소나무보다 길가에서 햇빛을 받으며 사람들 눈높이에서 친근하게 보이는 측백나무가 친구를 더 닮아 보입니다. 단아한 모습으로 태양 빛 아래 반짝이는 황금 측백나무의 당당함도 송곡을 닮았습니다.

측백나무 잎은 여러 번 쪄서 말린 가루로 먹으면 각종 병을 치료하는 효과가 있고, 지혈 작용도 하며 머리숱을 빽빽하게 하는 효능이 있다고 합니다. 또한 측백나무 향은 시신에 생기는 벌레를 죽일 수도 있어 무덤가에도 심었다고 합니다. 측백나무 열매는 자양 강장과 심신 안정에 도움을 준다고 하니 우리 삶 어디서나 도움이 되는 나무입니다.

측백나무처럼 송곡이 건강하고 활기찬 모습으로 직장과 가정에서 피톤치드를 발하길 기원해 봅니다. 그리고 측백나무의 꽃말인 '견고한 우정'처럼, 우리 모임 또한 송곡 친구가 지금처럼 그 역할을 이어가며 견고한 우정을 이어가길 바랍니다.

비움의 아름다움을 알려 주는 갈대의 노래

하루하루 낮아지는 기온이 저수지 풍경을 무채색으로 물들이고 있다. 여름 내내 연잎과 초록을 견주던 갈잎이 희뿌옇게 변하여도 갈대는 변함없이 제자리에서 그곳을 찾는 사람과 새들에게 눈인사한다. 나이 들며 흰머리, 눈가 주름이 같이 늘어가는 친구를 보면 정겹듯이, 한 해의 끝에 선 누르스름한 갈잎이 푸른 잎보다 마음에 위로가 되는 것 같다.

초록색 줄기와 잎이 변하며 하얀 깃털이 나부끼는 갈대를 보니 퇴색이 아닌 성숙과 너그러움으로 여겨진다. 싱그럽고 푸른 젊음이 떠나는 것을 안타까워하지 않을 사람은 없을 것이다. 하지만 사는 날이 길어질수록 나의 목소리와 주장으로 가득했던 마음에 다른 사람의 목소리와 마음을 담아둘 공간도 늘어나 이전보다 편안하게 느껴질 때가 있다.

이 저수지의 갈대도 계절을 지나는 바람을 맞으며 줄기를 비워왔기에 꺾이지 않고 지금도 그를 찾아오는 새들의 안식처가 되고 있다. 그래서일까, 갈대의 꽃말은 신의, 믿음이라고 한다. 이제 눈이 내리고 저수지가 하얗게 덮여도 갈대는 그 고요

한 풍경으로 철새들을 맞고 감싸 줄 것이다.

지난해 초여름이었다. 저수지 둘레길 한쪽에 사람들이 웅성거리며 모여있었다. 다가가 보니 너구리 한 마리가 갈대를 베어낸 습지에서 방황하고 있었다. 공원에 '너구리 출몰 주의'라는 푯말이 있기는 했어도 이 근처에서 진짜 너구리를 보는 것은 처음이었다.

생각해 보니 저수지 한쪽 둔덕은 갈대가 우거져 숨어있기에 좋고, 물가로 접근하기도 좋아서 물에 사는 잉어와 그곳에 내려앉은 새들을 너구리가 잡아먹기에 쉬웠을 것이다. 숨어 살며 먹잇감에 접근하기에 최적의 환경이었던 것이다. 그래서 10여 년을 그곳에 산책하러 다녔지만 나도 너구리를 보지 못했고, 너구리를 보았다는 사람도 없었던 것이다. 그런 환경에 갈대의 역할이 컸던 것은 두말할 나위 없다.

올해는 여느 해보다 한 달이나 일찍 봄꽃이 피었기에 저수지로 가지를 늘어뜨린 벚꽃이 겨울을 지나고 서 있던 갈대와 맞닿은 것을 보았다. 따뜻하고 화사한 봄을 상징하는 벚꽃과 은은한 갈대가 있는 풍경은 저수지에 한 폭의 동양화를 그려놓은 듯했다. 계절의 구분이 있지만, 자연은 그 언저리에서 경계선을 긋지 않고 서로를 받아들이고 함께 어울린 풍경이었다.

때로는 바람이 부는 대로 흔들리는 갈대를 변덕스럽고 지조 없는 존재로 표현하기도 하지만 나는 갈대의 마음은 수용이라고 생각한다. 김소월의 시 '엄마야 누나야'에서처럼 갈대는 강변 근처에서 바람에 몸을 맡기고 흔들리며 그 풍경을 바라보는 누구라도 받아들이며 그를 맞는다.

그리스 신화에 재미있는 갈대 이야기가 나온다. 목축의 신인 판이 시링크스를 좋아하였는데 그녀가 쫓기다가 물가에서 갈대로 변하였다는 것이다. 갈대로 변한 시링크스를 그리워하며 판이 갈대 줄기를 불어 갈대피리가 생겨났다고 한다. 갈대의 노래, 갈대의 울음이라는 말이 익숙하게 느껴지는 것은 이 슬픈 사랑 이야기 때문일지도 모른다.

곧게 자란 줄기와 하얀 털이 나부끼는 갈대와 억새는 가을풍경의 주인공으로 종종 혼동되기도 한다. 물억새를 제외하고는 억새는 건조하고 가파른 곳에서 자라며, 갈대는 습지나 하천같이 수분이 많은 곳에 사니 갈대는 물의 친구요, 억새는 높은 성벽이나 산의 친구라고 할 수 있다.

둘 다 볏과의 식물로 잎맥이 나란하다. 하지만 억새잎 가장자리는 까칠한 부분이 있고 다 피면 꽃과 털이 좀 더 뽀얗고 은빛이 나며 털이 가지런하다.

갈대는 조금 더 누런빛으로 이삭이 동그랗게 매달려있으며 털도 부스스해 보인다. 갈대의 털 역시 씨앗을 멀리 보내기 위한 역할을 한다.

갈잎의 어린 순은 데쳐 먹기도 하고 성장한 줄기와 잎은 노蘆라고 불리며 울타리나 발을 엮는 데 쓰였다. 펄프의 재료가 되기도 한단다. 이삭은 빗자루를 만드는 데 쓰였다니 갈대는 친근하면서도 생활의 필수품이 되는 재료들이다.

어찌 보면 억새는 외모와 머리를 단정하게 다듬은 세련된 모습이고 갈대는 열심히 일하다 나와 아직 자신의 매무새를 다듬지 못한 수수한 사람 같다는 생각이 든다. 높은 성벽 아래서 저녁 빛을 받고 단정한 은빛 털을 나부끼는 억새가 주는 아름다움은 장관이라 할 수 있다. 반면, 강변으로 고개를 숙이고 왜가리가 나는 것을 바라보는 갈대는 건강하게 잘 자란 자녀를 바라보는 어머니의 따뜻함이 느껴진다.

몇 년 전 취업 시험을 치르고 난 딸과 순천만 갈대 습지에 다녀왔다. 애써 노력했지만 결과가 좋지 않을 것이라는 예상을 안고 있던 딸아이에겐 위로가 필요했다. 우리는 아무 말도 하지 않고 그곳을 걸었다. 하늘과 갈대가 맞닿은 갈대 지평선이 우리의 시선을 통해 마음에 와닿았다. 그것을 바라보며 걷는 시간은 우리에게 위로가 되었다. 넓고 넓은 습지에 11월의 바람이 불자 갈대가 '괜찮아' 하고 노래를 부르는 듯했다.

그럴 때가 있다. 삶이 녹록지 않아 영혼의 힘을 다하여 애써야 할 때가 있다. 노력한 결과를 기다려야 할 때도 있고, 좋지 않은 결과를 털어내야 할 때도 있다. 소리 없이 마음을 적시는 봄비도 맞고, 위엄을 떨치듯 요동하는 천둥 번개와 소나기 속에서 마음을 비워온 갈대는 그의 줄기 속에 누군가의 아픔을 품고 말 없는 위로를 줄 줄 안다.

굳이 멀리 가지 않아도 우리 생활 가까이 있는 연못이나 개천가, 저수지에 피어있는 갈대는 마음 치료사의 역할을 하는 게 아닌지.

저수지 둘레의 갈대를 바라보며 이 가벼운 존재에게 깊은 감사를 하게 된다. 갈대 울타리가 아니었다면 저수지 둘레길을 걷는 사람들 때문에 연못의 생태계는 소란하고 불안함을 감추지 못할 것이다. 갈대를 바라보며 걷는 사람에게도 갈대가 있는 풍경은 마음의 평화를 준다. 갈대를 따라 걸으며 나는 오늘 누구의 이야기를 들어주고 누구에게 위로를 줄 것인가를 생각하게 된다.

조현옥 | 2018년 『문학이후』 등단. senmom@naver.com

수필 | 허순미

그 밤 너의 자유 외 1편

요란한 소리를 내며 믹서기가 돌아간다. 주먹만 한 토마토가 순식간에 주스가 되어 나온다. 남편에게 한잔 내주며 부지런히 아침을 준비했다.

속이 메스꺼워 밥을 먹을 수가 없다. 남편과 두 아들 밥만 식탁에 올려놓았다. 세 남자가 밥이 아닌 내 얼굴을 본다. 어젯밤 늦게까지 음식을 먹었다는 핑계를 대고 거실로 자리를 옮겼다. 소파에 비스듬히 누우니 빙글빙글 현기증이 더한다. 식구들이 눈치 차릴까 공연한 헛기침을 했다. 종일 아무것도 먹지 못했다. 물만 마셔도 속이 울렁거린다. 연신 술잔을 부딪친 것이 화근이다.

친구들과 저녁 약속을 하고 한껏 들떴었다. 결혼 후 남편과 아이들을 뒤로하고 저녁에 집을 나서는 일이 어디 쉬운 일인가. 매콤한 아귀찜을 가운데 두고 술잔이 오갔다. 취기가 도니 저절로 노래가 나온다. 흐르는 음악에 몸도 움직여 보고 손가락 장단도 맞췄다. 흥이 사다리를 타고 오른다. 그때 번개처럼 떠오르는 생각이 있다. 오늘 한번 해보는 거야.

"담배 한 갑 사 올게."

부어라 마셔라 했던 술이 온몸에 용기를 주었다. 친정은 사 대 조의 제사를 모시는 큰 집이다. 제삿날이면 할아버지는 장롱에 보물처럼 넣어 두었던 두루마기를 꺼내 입는다. 양복이 익숙한 시대에 두루마기는 마치 박물관의 유물처럼 느껴졌다. 밥을 먹을 때도 할아버지는 아랫목에서 별도의 독상을 받는다. 난 그 시절 대접받던 아들은 아니지만, 맏이의 특권으로 아버지도 앉지 못하는 할아버지 밥상을 차지했다. 할아버지의 밥상은 윗목에 있는 밥상과 다르다. 생선구이도 있고 달걀찜도 있다. 밥을 먹기 전 엄마는 할아버지 드시는 반찬은 먹지 말라는 주의를 시킨다. 짭조름한 생선도 부드러운 달걀찜도 그림의 떡이다.

내놓고 정해진 규칙은 없지만, 집안 곳곳엔 보이지 않는 규칙이 숨어있다. 중학교 다닐 때 할아버지가 돌아가시고 조금 나아지긴 했지만 큰 집이라는 무게는 그림자처럼 내게 붙어 다녔다. 할아버지의 두루마기는 아버지께 내려왔고 아버지가 돌아가신 후엔 남동생에게 물림이 되었다.

그래서였을까, 자유에 대한 갈망이 컸다. 틈나는 대로 여행을 다닌 것도 연극을 보기 위해 서울행 버스에 올랐던 것도 눈앞에서 펼쳐지는 자유 때문이다. 어젯밤 친구들과 술을 마시던 중 담배가 생각 난 것은 순전히 객기였다. 지독하게 억눌려 산 건 아닌데 뼛속까지 배어 있는 단정함이 싫을 때가 있다. 척척 알아서 하니 손 갈 게 없다는 칭찬에 가끔 어깃장을 놓고 싶었다.

남들이 들으면 웃을 일일지 모르지만 내가 꼽는 최고의 자유 상징은 담배다. 그게 좋은 것이든 나쁜 것이든 거기까지는 생각하지 않는다. 요즘은 남녀 구분 없이 기호에 따라 담배를 피우지만, 예전에는 담배 피우는 여자를 평범한 여자로 생각하지 않았다. 가끔 숨이 막혀 답답해질 때 자유를 상상했다. 나에게 담배는 그런 것이다.

담배 한 갑을 사 들고 밥자리에서 일어나 클럽으로 이동했다. 클럽 안은 폭포수 같은 음악이 흘러넘쳤다. 쏟아지는 음악으로 샤워를 하고 처음이 아닌 듯 가방에서 담배를 꺼냈다. 익숙한 듯 담배에 불을 붙이고 온갖 폼을 잡았다. 어둑한 클럽은 옆 사람이 자세히 보이지 않는다. 그래서 쉬웠다. 시작해 볼까. 한 모금 쭉 빨아 삼키는데 목이 콱 막히고 기침이 난다. 하마터면 모양 좋게 손가락에 끼고 있던 담배를 떨어트릴 뻔했다. 예상치 못한 기침이 당황스러웠지만 아무렇지 않은 듯, 다시 담배를 천천히 입으로 가져갔다. 한 손엔 담배를 다른 한 손엔 술잔을 들고 자유를 만끽했다.

그때였다. 친구 금순이가 바닥으로 푹 쓰러진다. 신여성이라도 된 듯 음악에 몸을 맡기고 담배로 누리던 자유는 사정없이 재떨이로 추락했다. 금순이는 달아오른 술기운에 담배가 들어가니 현기증이 난 거라며 얼음물을 들어 건배 제안을 한다. 다시 담배를 입에 물고 불을 붙이니 슬근슬근 흥이 올랐다. 분위기 깨지 않으려고 꼿꼿하게 있던 금순이가 먼저 가겠다며 일어선다. 혼자 보낼 수는 없다. 주워 올린 흥이 아까웠지만, 다음을 기약하고 자리를 털었다.

클럽을 나오니 동굴을 빠져나온 것처럼 눈이 부시다. 택시 승차장으로 가며 중요한 물건을 놓고 온 사람처럼 자꾸 뒤를 돌아보았다. 생각났다. 클럽 탁자 위에 내 자유를 놓고 왔다. 급히 나오느라 담배를 챙기지 못했다. 늦은 시간 택시를 타려는 사람들의 줄이 길다. 클럽 안에서는 들썩들썩 가볍던 몸이 밖에서는 무겁고 지루하다.

이렇게 막을 내렸다. 자정이 넘으면 호박이 되는 신데렐라의 황금 마차처럼 클럽은 어느 사이에 집으로 변해 있었다. 십수 년도 넘은 일이다. 그날 같은 밤은 다시 오지 않았다. 뒤늦게 누린 찰나의 자유 덕분인지 담배 생각은 옅어졌고 피워 볼 기회도 없었다. 수십 년 꿈꿔 온 자유는 시시하게 끝이 났다.

후로 두어 번 그 밤 클럽에 놓고 온 자유가 궁금한 적이 있었다. 한번은 단풍을 훑어내리는 독한 가을비가 내리던 날이었고 또 한번은 '화양연화'라는 영화를 보면서였다. 자유가 왠지 그 자리에서 나를 기다리고 있는 것 같았다.

밖에서 누군가 담배를 피우는 모양이다. 집안으로 나지막한 담배 냄새가 들어온다. 남편의 짜증 섞인 목소리와 창문 닫는 소리가 동시에 들린다. 남편은 담배를 피우지 않는다. 그래서인지 담배 냄새에 민감하다. 슬그머니 창가로 다가갔다. 남편이 닫아 놓은 창문을 열고 밖을 두리번거렸다. 저만치 멀어져 가는 뿌연 자유가 보인다. 천천히 숨을 들이마셨다. 자유가 콧속으로 솔솔 들어온다.

그, 청운 서림, 나

서둘러야 한다. 읍내로 들어가는 버스 시간을 맞추려면 늑장을 부려서는 안 된다. 마음이 급해 허둥거렸더니 머리가 엉망이다. 다시 머리를 감고 드라이어로 말리면서 연신 시계를 보았다.

버스 시간을 겨우 맞췄다. 띄엄띄엄 간격을 두는 버스 때문에 약속을 잡으면 미리 나서는 게 습관이 되었다. 스프레이로 치켜세운 앞머리가 뭉개질까 봐 창가에서 몸을 한 뼘 물러섰다. 거무튀튀한 하늘이 눈과 비를 저울질하느라 을씨년스럽다.

버스가 읍내에 도착했다. 뛰다시피 날랜 걸음을 백합사로 옮긴다. 하얀 얼굴의 그가 말 대신 웃음으로 인사를 한다. 친구를 만나 영화를 보기로 한 시간까지는 아직 사십여 분 남았다. 그때까지 백합사는 나의 도서관이다.

책이 빽빽한 서점 안은 특유의 쿰쿰한 냄새가 난다. 그 냄새가 싫지 않다. 가끔은 숨을 쉴 때마다 수백 수천 개의 이야기가 따라 들어오는 것 같았는데 그때마다 배꼽까지 깊은숨을 들이마셨다. 서점에 들렀다고 매번 책을 사 들고 나오는 건 아니다. 오늘처럼 친구를 만날 시간이 애매하거나 버스 시간이 맞지 않을 때 들어와서 책과 노는 것이다. 약속이 있을 때도 적당한 장소를 찾지 못하면 만남의 장소는 백합사다.

백합사는 학생 때부터 드나들던 서점이다. 새로 나온 에세이라며 그가 책 한 권을 내민다. 오래 드나드니 자연스럽게 그곳의 직원인 그를 알게 되었고 주거니 받거니 책을 권하는 사이가 됐다. 그는 내가 좋아하는 작가를 안다. 그래서 신작이 나오면 오늘처럼 알려준다. 공짜로 주는 것도 아닌데 책을 건네는 그가 고맙기 그지없다. 혹여 그를 좋아한 건 아닌가 꿰맞춰 보기도 했는데 추호의 의심 없이 그런 건 아니었다. 오래된 백합사 문을 밀고 들어서면 반김을 아끼지 않는 그가 있어 늘 즐겁다. 지금 알고 있는 나의 짧은 지식은 반 이상이 그와 백합사의 공이라 해도 과언이 아니다.

어느 날부턴가 그가 보이지 않았다. 소문에는 어디론가 떠났다는 이야기와 몸이 아프다는 이야기가 들렸다. 그가 없는 백합사는 생기 없이 썰렁했다. 낡고 삐걱거려도 정겹던 문소리는 귀에 거슬리고 후임인듯한 나이 어린 직원의 의례적인 인사는 마음에 들지 않는다. 이럴 줄 알았으면 이름이라도 알아둘걸. 호칭도 없이 그를 백합사 아저씨라고 부른 것이 전부다. 읍내에 나가면 으레 들르던 백합사는 그가 보이지 않으며 소원해졌다. 오랫동안 그의 소식은 알 수 없었다.

백합사 옆에 청운 서림이라는 파란 간판의 서점이 들어섰다. 낡은 백합사와는 외관부터 다르다. 유난히 반짝거리는 서점의

문 귀퉁이를 밀고 책이 진열된 곳으로 다가갔다.

이번에 나온 김형석 교수의 신간이라는 남자의 목소리가 들린다. 소리 나는 쪽으로 고개를 돌렸다. 그다. 백합사에서 십 년 넘게 봐오던 그가 변함없는 웃음을 달고 내게 오고 있다. 다그치듯 어떻게 된 거냐 물었더니 자초지종을 이야기한다.

청운 서림의 주인은 그였다. 헤어진 사랑을 다시 만나면 이처럼 반가울까. 그가 돌아왔다. 백합사로 향하던 몸과 마음은 그대로 청운 서림으로 이사를 했다. 사실 여부는 모르지만, 읍내엔 백합사에서 돈을 벌어 서점을 차린 성공한 사람이라는 그의 소문이 한바탕 돌았다. 그의 등장으로 백합사는 얼마 지나지 않아 문을 닫았다. 청운 서림은 새로운 놀이터가 되었다.

결혼식 축의금 봉투에서 그의 이름을 발견했다. '청운 서림 OOO' 결혼한다는 얘기를 하며 인사를 할 때 예식장을 꼼꼼히 묻더니 축의금을 놓고 간 모양이다. 친구들은 책을 얼마나 많이 샀으면 서점 주인이 축의금을 내냐며 놀렸다.

동향인 남편과 결혼한 덕에 고향에 가는 일이 잦았다. 읍내 큰 도로 옆에 자리하고 있는 청운 서림은 시댁이나 친정보다 먼저 마주치는 고향이다. 한동안 일부러 들러 안부를 주고받으며 필요한 책을 샀다. 그도 결혼하여 아내와 함께 서점을 운영한다. 이름도 나이도 알지만, 그는 변함없는 청운 서림 아저씨다. 책을 구매하는 방법이 다양해지면서 청운 서림은 자연스럽게 멀어졌다.

백합사라고 적힌 책갈피가 발등에 툭 떨어진다. 책장정리를 하다가 책이 쏟아지며 사이에 끼워져 있던 책갈피가 떨어진 것이다. 책갈피를 주워 보니 2-2109라는 요즘은 볼 수 없는 국번의 전화번호가 보인다. 빳빳하게 코팅이 되어있어 구김도 변색도 없다.

그래, 백합사 라는 서점이 있었지. 순간 쏟아져 내린 책을 들추기 시작했다. 그대로 있다. 청운 서림 책갈피도 2-5695라는 번호를 앞세우고 그대로 책 속에 묻혀 있었다.

삼십 년도 더 된 전화번호가 통화가 될 리 없다. 바뀌었어도 몇 번은 앞자리가 바뀌었을 것이다. 마음이 급해 읍내로 나가기 전 좋아하는 작가의 신간이 나왔는지 수없이 돌렸던 전화. 삼십 년도 넘은 전화번호가 나를 청운 서림으로 데리고 간다. 안될 걸 알지만 번호를 꾹꾹 눌러보고 싶다. 전화기 너머에서 그의 목소리가 들릴 것만 같다. 책갈피 속에서 나를 기다린 건 아닐까. 책 읽기가 게을러진 나를 소리쳐 부르고 있었는지 모른다. 시력이 떨어지면서 느슨하다 못해 멀어진 나의 책 읽기를 지켜보며 이제나저제나 찾아주길 바란 건 아닌지.

그의 안부가 궁금하다. 어쩌면 궁금한 건 그보다 청운 서림인지 모른다. 청운 서림은 '푸른빛의 구름과도 같은 책들의 숲'이다. 책갈피 한 장이 데리고 간 푸른 구름의 책 숲에서 한나절 잘 놀고 나왔다.

허순미 | 2020년 『문학이후』 등단. smher65@daum.net

문후작가회詞華集 · 13

잘못 찾아온 손님

초판발행 2022년 10월 31일

지 은 이 문후작가회 강애란
펴 낸 이 배준석
펴 낸 곳 문학산책사
교 정 정라진 강명숙 정은경

등 록 제3842006000002호
주 소 ㊐14021
경기도 안양시 만안구 병목안로 81 성원Ⓐ 103-1205
전 화 (031)441-3337 / 010-5437-8303
홈페이지 http://cafe.daum.net/munsan1996
이 메 일 beajsuk@daum.net
제 작 처 시지시 (전화 : 0505-552-2222)

값 10,000원

ISBN 978-89-92102-96-4 03810

* 이 책은 안양시 문예진흥기금 일부 보조로 만들었습니다.